Para ler com o olho do cu

cacha
lote

Para ler com o olho do cu

Bruno Coelho

Câmera vulgar	11
Pepinos, ariranhas e mulheres grávidas	21
O Instituto Ontológico	47
Barriga de máquina	87
Buraco	127
A quina da esquina (46') — média-metragem	149
As despossuídas	159
Sombras elétricas	177
Polívaro	203
Azul de procedência duvidosa	225
Fusão	239

Para Marélen

Antes do início

Por que a única autointitulada vida inteligente baseada em carbono paga aluguel?

Câmera vulgar

(98.114.567.322 gotas de chuva antes da Grande Bomba)

Do lado de cá

Nós nos tapeávamos na lagoa. Isso excita ele, mas nem sempre foi assim. Você concorda que as características de uma primeira impressão são antípodas das últimas? Levava esse pensamento comigo ao caminharmos até a ponta de areia. A agressividade, o estar no controle e ditar as coisas desabrochou nele como um ferimento cheio de pus. Você pode ver quando o corpo comporta algo dentro de si, prestes a sair. Você espreme ou espera a ferida passar? As suspeitas de que ele era assim sempre foram reprimidas por mim. Escolhi esperar o momento em que veria. Contudo, seus traços são feitos pela ausência. Esquivo, fugia. Que retesasse as angústias não era segredo. Era visível. Caminhava diferente, olhava os pacientes com menos esmero, sofria em silêncio. E os tapas? De onde vieram? A primeira vez que me bateu não se sentiu culpado. Foi meio que sem querer, numa quase brincadeira, como alguém que fala o nome de um ex num lapso. Quisera fazer isso desde há muito tempo. Tinha gana para bater em alguém. Não sei se eu fui o seu primeiro.

Para mim é difícil bater em seu rosto. Que eu levante a mão é quase impossível. Ela pesa pelo estranhamento e não quer obedecer. Nunca dei um tapa sequer antes, um tapa de verdade. Vontade tive, já quis muito. Bem sei que com ele é outra coisa. A tapeação em si parece abrir a sua verdadeira porta, mais do que o sexo. Penso se o seu tesão não repousa em outro lugar e a transa nada mais é do que uma desculpa, uma justificativa para me bater. E ele bate forte. Mas não é a idade que pesa sua mão. Penso se talvez ele não tenha rancor de ser gay. Se não tivesse, talvez não me batesse. Sobre os tapas, nunca quis conversar direito. Nunca tomou a iniciativa para me explicar muito bem. Sempre foi uma *coisa*. Para ele, troça. E agora, quando nos encontrávamos sozinhos na praia, ele tinha aquela cara outra vez. Ele queria mais.

    Nem sempre era possível sairmos juntos. Minha em-breve-esposa sentia-me distante desde que comecei a sair com ele. Ela desconfiava. Eu tentara me afastar, não ceder aos convites dele para que viéssemos aqui. As vésperas dos finais de semana, nas últimas horas do plantão, eram as mais difíceis. Quando se passava o dia inteiro e eu não o havia visto pelo Instituto, me sentia perdido. Não era comum nos vermos na saída. Nossos horários quase nunca casavam. Mas os passos que levavam até o portão eram sempre hesitantes, esperando por uma interrupção. Um chamado. Assim sucedeu ontem. Quando eu estava prestes a pisar na rua, me chamou. Nem precisou falar muito. Eu aceitei. Em casa, inventei uma desculpa qualquer sobre um paciente de última hora que havia sofrido uma piora e talvez demorasse mais do que o costume. Minha em-breve-esposa me ouviu. Mas não sei se acreditou em mim. Na manhã seguinte eu e ele já estávamos aqui.

    De frente com a lagoa, de frente com aquilo que furtava a minha razão nas horas cotidianas. Água, água, água. Era só o que eu olhava. Me sentia estranho. Disfarcei qualquer coisa quando ele notou e me perguntou se estava tudo bem. Eu não queria falar sobre isso. Eu só queria ficar em silêncio. Mais do que a companhia, o que me importava era não fazer planos para um casamento, não olhar na cara do meu quase-sogro, não fingir felicidade à frente dos tios da minha em-breve-esposa. Apenas a água. Apenas à água. O sol ascendente fazia a lagoa queimar os nossos olhos com os seus minúsculos espelhos espalhados até a outra margem. Do lado de cá, os reflexos cegavam. Era a melhor hora. Cegados e queimados nos tapeávamos. Ele não se importava tanto. Ficava pelado sem preocupação. Eis que o caminho até a beira da lagoa era pouco trilhado e os pinheiros nos escondiam. Nosso lugar era uma ponta de areia pequena e sem muita atração. À outra margem, outra cidade. Do lado de lá da lagoa ninguém consegue nos ver por causa da distância. Era perfeito. Um canto para se esconder. A lagoa era fora da cidade. Íamos longe por questões de privacidade. Nosso costume se resumia ao banho de sol, o sexo, banho de mar e a volta para casa. Não falamos muito hoje. Aliás, não mais do que o normal. Faz algum tempo que não conversamos. Desde que eu trouxe a situação da minha em-breve-esposa, calou-se. O casamento pesava o ar. Ele não queria saber. Não sei o que ele pensava que aconteceria daqui para frente. Agora, me olhava, recuperando o fôlego. Quando se cansou das preliminares, se atirou em cima de mim. Me jogou ao chão e pôs o pau à minha cara, pedindo para o chupar. O frio na barriga é corrente. Costumo respirar tesão com medo quando estamos nos pegando na ponta de areia. É a minha vez de desligar. E quando desligo, lambo. Ele gosta. Eu me perco. Prefiro começar devagar porque sei que ele prefere que eu vá rápido. Isso incomoda ele, por isso que é bom. Mas mesmo indo devagar não demora muito até ele ser feliz.

Do lado de lá

Lucrécia Sandoval preparava-se para sair de casa e testar a câmera recém-ganhada de sua tia como presente de aniversário. Em toda a sua rua, Lucrécia Sandoval era a única adolescente que podia sentir os júbilos da idade lhe correndo à ponta dos dedos, corroendo a ideia criada pela expectativa de como seria segurar uma câmera e sentir seu peso, toque, clique, como agora era de verdade, era novo, era diferente. A mão encaixava perfeitamente ao corpo de metal japonês, e os olhos não mentiam. Era real. Era uma câmera.

Pelos últimos 3 anos Lucrécia Sandoval não fazia outra coisa que não falar de cinema. Cinema pela manhã. Cinema pela tarde. Cinema pela noite. "Tanto cinema assim traz mau-caratismo. Fazer cinema não paga aluguel, você sabia disso?", seu padrasto dizia. Lucrécia Sandoval não se abalava com as críticas e recriminações. "Cinema é vida, e há cinema em toda esquina. Eu só quero vê-la, mostrá-la", assim pensava. "Sim, talvez eu devesse estudar para ser estivador como você", assim dizia. Seu padrasto nunca acertava se o tom de tais comentários jaziam com a ironia ou com a sinceridade.

Nem todos receberam o presente na mesma moeda. Fora o padrasto, a irmã de Lucrécia Sandoval repudiava as coisas que o olho mecânico pausava. Seguia a cartilha da moral ciumenta com olhares e comentários debochados. Para Lucrécia Sandoval, apenas uma pergunta importava. Qual seria a primeira foto? Autorretrato; vista da janela da sala; mãe; irmã; pintas no rosto que se sobressaem num sorriso amigo; mãos para fora da janela de carros no sinal; atendente atrás do balcão, de ombros caídos; nuvem com forma de balão. Não podia pensar em casa tamanha a explosão que o presente lhe causara. Precisava de espaço. Só a rua lhe traria conforto. Com a câmera em mãos, saiu de casa como um raio. Desceu a rua sob os olhares dos meninos e atravessou a praça sob os olhares dos homens. Cruzou a avenida para se perder no bosque.

Do lado de cá

Eu amo minha em-breve-esposa. Amo. Passa em minha cabeça como seria se ela me visse agora, pelado de quatro na beira da lagoa, limpando a minha cara na água. Preciso fazer alguma coisa. Vou contar a ela. Quando chegar em casa conto, digo tudo. E cancelo o casamento. Ou eu poderia não voltar para casa. Já não vamos tão bem mesmo. Eu escutava ele se tocar enquanto me olhava de quatro. Veio até mim na água e me agarrou de costas. Começou a me tocar também. Minha em-breve-esposa ainda me ocupava os pensamentos. Ele percebeu. Percebeu e perdeu a vontade. Se virou para retornar à areia, mas parou. Se voltou para mim e vi que carregava uma certa angústia em seu peito. Seus olhos mal se mostravam por causa do cabelo desgrenhado pelo vento, e contra toda a sorte da gravidade, a lágrima mais lenta da história nascia.
 Ele foi à areia com as mãos no rosto, desolado. Tentava se desvencilhar da lágrima que crescia a cada segundo. No entanto, a lágrima nada queria de se separar dele. Ele a gestava em seu rosto. A nutria com tristeza. Os músculos do dorso em tremelique. Rijos, retesados e relaxados, realocados conforme a dança de riso e raiva. A posição solar era oportuna. Os raios de sol formavam um arco-íris com a lágrima, agora maior do que o seu rosto. E a lágrima nada de se separar dele. Ele lutava contra o peso da água, em vão. A dor era a causa da depressão na areia. Afundara. Eu o perdera para o lodo que se formara. Sem pensar, pulei para dentro do redemoinho com

medo e sem saber o que fazer. Eu não podia deixá-lo à própria sorte. A solidão sempre foi o seu pilar, mas a obliteração nunca foi seu destino. Se bem sei, a última coisa que faria na Terra seria vagar sem norte ao invés de morrer soterrado pela própria angústia e ciúmes. Pois era isso. Estava escrito em sua testa. Após encontrar seu pé em meio ao minério remexido dentro do turbilhão, o puxei. E com o movimento, vieram junto as memórias. Ele me fazia sentir bem. Me deixava alegre. As imagens resgatadas vieram com oxigênio e tive forças para empurrá-lo para fora do lodo. De volta à areia, recuperávamos o fôlego. Não o deixaria ser engolido. O que nos abate só a gente sente, mas só o outro nos desacaba. Eu precisava dele e ele de mim.

Do lado de lá

Lucrécia Sandoval esquadrinhou a linha de árvores no bosque. Olhava pelo visor com cuidado para encaixar o plano. "O mundo não cabe. O mundo não cabe aqui", pensava em voz alta. (Esse pensamento se repetirá ao longo da sua vida.) Jurou para si mesma que encaixaria o que conseguisse enquanto pudesse. Com câimbras nas panturrilhas de tanto caminhar decidiu sentar-se num tronco caído. "O que entra em quadro é importante." Sim. É. Virou a câmera para o lado e clicou. Sem olhar. Virou para a copa das árvores e clicou. Sem olhar.

"O que cabe dentro de uma imagem?" Clique. Sem olhar. Sem prestar atenção ao tec-tec no abrir do diafragma. Sem saber como a luz queima o nitrato de prata. Lucrécia Sandoval entregou ao vento a autoridade do passo. Deixou-se. Encontrou-se de frente para a água. Era a lagoa. Do outro lado, a ponta de areia e dois corpos nus. Dois reflexos de um momento em segredo. A curiosidade de Lucrécia Sandoval a fez seguir pela trilha sonora de marolas. Molhou os pés na água da lagoa para esperar até saber o que fazer. Voltaria para casa com o acaso nos negativos e só o acaso? "Por que não tivera coragem de olhar o que fotografava?", pensou. "Talvez agora... Talvez agora com esses dois, sem saberem que estou aqui, acho que consigo." Levantou a câmera até a altura dos olhos. Lucrécia Sandoval ajustou o pouco de zoom que a lente permitia e viu uma mancha dominar a outra na margem oposta. Clique. Clique. Clique. Alguns dias mais tarde revelaria os negativos e teria se apaixonado pelo que havia capturado em pleno desprendimento, não fosse a cena de homicídio que flagrou sem saber. O que Lucrécia Sandoval verá, após furtar a lupa de seu tio, é um homem nu afogando outro homem nu na margem oposta da lagoa.

As marolas cessaram e com elas, a vontade de continuar na água. Lucrécia Sandoval voltou pelo bosque, retomou o caminho da praça e reapareceu nos olhares dos homens. Ao chegar em casa com os pés molhados não se lembrou de limpá-los e seu padrasto a repreendeu. Lucrécia Sandoval limpou os pés, tomou banho e se preparou para dormir. Na cama, olhando o teto, viu as imagens de um sonho.

Pepinos, ariranhas e mulheres grávidas

($841.667.915.226.859.234 \times 10^{46}$ pensamentos pansexuais antes da Grande Bomba)

A primeira coisa que o sol iluminará hoje é uma silhueta grávida. Ela estará vagando no meio da plantação ilegal de pepinos de Guacira Leocádia, fazendeira caolha. A grávida virá de procedência duvidosa. Guacira não saberá da veracidade de suas palavras e atos. No entanto, Guacira a acolherá. A figura da grávida, nas primeiras horas da manhã, tropeçando por sobre os fios e arames de sustentação das plantas, despertará as memórias de Guacira como o susto de uma batida de carro. A forma oblíqua a levará à forma aquosa — o vivo pelo morto. O motivo de Guacira se compadecer será porque se lembrará da vez em que abortou, em anos passados. O choque se potencializará pelo estômago vazio e o medo de ser presa. As duas iniciarão o estranhamento. Começarão pelos movimentos circulares com os pés. Em seguida, passarão às vozes em gagueira. De um lado, o medo, de outro, a tentativa de compreensão. Quando os três corações ali presentes voltarem ao ritmo de desencanto, os pepinos exalarão a química necessária para a compaixão. E, como num sonho, o tempo parará. Estarão fora do fluxo, longe. É a hora de segregar. As duas conversarão sobre a gravidez. A grávida não revelará por que foge. Guacira não insistirá em saber e dirá que pode confiar nela. A grávida chorará primeiro. E depois Guacira. As duas chorarão juntas, mas Guacira correrá lágrimas de um olho só. As duas entrarão em casa e a grávida dirá seu nome completo — Greta Guajuvira. As duas, com seus corpos, se tornarão três. Guacira Leocádia, fazendeira caolha. Greta Guajuvira, grávida. GLGG, apêndice. Guacira oferecerá suco a Greta. Esta, sem saber o que está tomando, perguntará o que é. Guacirá dirá que é suco de pepino. Greta repetirá baixinho o nome do fruto. As duas se olharão. Greta se surpreenderá com a primeira bebida do dia, pois ela, como quase toda a população ocidental, nunca experimentou pepino. Pepino, repetirá baixinho. Não terá medo de ser presa?, pensará. A grávida se levantará assustada. Pedirá para usar o banheiro. Guacira mostrará onde é. Lá dentro, olhando o espelho e as paredes verdes, Greta se sentirá apertada, afoita por ter tido a estúpida ideia de ir até o fim do mundo sozinha e ter parado numa plantação de pepinos. Mas eu não sei como cheguei aqui, lembrará. Ao sair do banheiro, encontrará a mesa do café da manhã posta. Pão e pepino. Água aromatizada com pepino. Mel e patê de pepino. Torta de banana e pepino. Vela com essência de pepino. Evidências de desordem meliante. O crime à sua cara a assombrará até o fim de sua estadia. A ilegalidade em cada pormenor da residência será o início de outra crise na vida de Greta. Uma crise deflagrada pela ausência de repertório perante o desconhecido. Nunca em sua vida viu algo igual. E nem verá. Não entrará para o crime. Mas confidenciará a seu filho sobre a vez em que esteve numa plantação ilegal de pepinos. Tendo passado o medo sobre as germinações de além-da-janela, Greta aceitará o momento. Não sou bandida, dirá a si mesma. Ela sentará em uma cadeira na sala e diante da fazendeira perceberá algo. O segundo estranhamento de Greta será a voz de Guacira. A fazendeira cresceu com preguiça de falar e todas as suas palavras oxidam assim que saem de sua boca, o choque com o ar as desfaz. No entanto, as correntes de ar continuarão inalteradas e indiferentes apesar do esforço de Guacira para ser entendida. Guacira questionará o quanto. 35 semanas, responderá a grávida, depois de pensar bastante. As mãos de uma, sem se darem conta, imitarão as mãos da outra. O primeiro dia das duas juntas será de cumplicidade. Guacira deixará Greta ficar e, em troca, pedirá que não fale a ninguém sobre ela ou a plantação. A outra dirá o mesmo. Farão almoço juntas. Tomarão o café da tarde juntas. Que fará ela além de cuidar da casa?, correrá à mente da grávida. Não vê ninguém e vive sozinha assim... ela seguirá pensando. À noite, Greta não deixará de se preocupar. Guacira a confortará da solidão das duas. Ninguém vem aqui?, duvidará a grávida. Guacira negará. Na primeira noite, Greta não sentirá nada. Tendo posto Greta para dormir, Guacira irá até a plantação de pepinos repor os fios que a grávida derrubara pela manhã. Ela estará de joelhos no chão, cavocando a terra, quando seu coração pesar. O escoamento do sangue nas veias a fará suspeitar que a criança de Greta é especial. Do sangue fino, uma crença surge.

No dia seguinte, o sol iluminará duas silhuetas grávidas na fazenda ilegal de pepinos de Guacira. O movimento irregular da normalidade atrairá as ariranhas. Em breve, a casa estará cercada delas. Seus calcanhares e guinchos serão escutados da cumeeira. Ninguém sabe ainda, mas as recém-chegadas parturientes comerão seus miúdos quando a hora chegar. Assim como Greta, Graça Cora e Geodésia Bauxita também não saberão como se embrenharam nas terras cultivadas de Guacira. Estarão atordoadas pela exaustão. As roupas, em recortes. Guacira e Greta as encontrarão se arrastando sem forças, quase caindo. Com muito esforço as colocarão para dentro de casa. As porão no sofá e na poltrona da sala. As quatro, com seus corpos, se tornarão seis. Guacira Leocádia, desconfiada. Greta Guajuvira, lisérgica. GLGG, ariranhaforme. Graça Cora, desconhecida. Geodésia Bauxita, desconhecida. GLGGGLGGGCGB, massa espezinhada. Guacira e Greta discutirão a manhã inteira o que fazer. Não podemos viver só de pepinos, dirá a grávida. E se precisarmos de... ajuda?, perguntará. A fazendeira escutará e, com relutância, anuirá. Guacira dirá que conhece alguém. Por fim, deixará as duas grávidas sob os cuidados de Greta enquanto for à cidade comprar comida como também suprimentos pré e pós-natal. Greta e Guacira trocarão olhares. Da soleira de entrada, a grávida verá a camionete verde riscar a estrada de terra, levantando poeira. De trás do volante, a fazendeira emudecerá as vozes de dentro com a imagem da casa diminuindo no retrovisor. A ida à cidade sempre será um pesadelo. Como de costume, nos arredores do povoado, Guacira rezará para não ser atingida por um drone. Sairá incólume da encruzilhada que liga o interior ao Inferno. Suas mãos tremerão. Na casa, Greta afastará as moscas do rosto das recém-chegadas. Na estrada, Guacira encontrará as tropas paramilitares marchando no acostamento. Os coturnos estremecerão o asfalto. Greta porá a bochecha contra a testa das outras grávidas. Não haverá febre. Guacira, de trás do volante, observará o brilho do ódio no suor empapado dos meninos fascistas. Greta servirá suco de pepino, esperando as duas despertarem. Estão adormecidas, torpes. Sentirá vontade de furtar um item possível do bolso de alguma das duas. Tão logo desistirá da ideia, assim que Graça Cora piscar a pálpebra e sua barriga tremer. Geodésia Bauxita permanecerá imóvel, em posição de ângulo gracioso. Não fosse as duas grávidas recém-surgidas e quase-cadavéricas, Greta já teria ido embora. Aproximando-se da rua principal, Guacira suspirará. Em breve, entrará numa farmácia e será testemunha de um assassinato. Orquestrado pela polícia, sussurrará uma voz que sai do beco aos fundos. No sinal, enquanto os carros não se mexem, Guacira contará a si mesma, em imagens recriadas, o desenrolar de sua gravidez indesejada até a sua interrupção. Greta abrirá gavetas. Guacira contará quantos carros têm rodas tortas. Greta passará a mão pelos vestidos guardados, empoeirados. Guacira dará o dedo do meio às crianças no bagageiro do carro em frente. As moscas que agora remexem a pele das grávidas em repouso na sua sala sofrerão a mutação genética que dará início ao desencadeamento de uma nova espécie de moscas. As moscas testa-de-ferro. Nem todos os animais sofrerão alteração. Mas isso não é dizer que a vida alcançará estase. As relações macroscópicas que normalmente ocorrem dentro de um período ínfimo sofrerão a inversão diametralmente oposta. A comunicação orgânica dos microcosmos terrenos se dará pela eternidade. O pequeno será ínfimo. O grande será infinito. O múltiplo será laranja. Cinzas de cigarro deixarão de se associar pelo peso do tabaco queimado. As regras de preguiça dos objetos não se responsabilizarão mais. No entanto, uma única exceção ainda se fará. O pepino continuará sendo ilegal.

 Recuo da imagem. Pisca. Quadriculado. *do not engage, over.* As granulações cedem e concorrem com o contraste. Falatório inglês no fundo da sala. Cheiro de ar-condicionado militar. Roupas em escala de cinza. Bipe. Café preto. Alguém abre a porta. A luz reflete na tela grande. *close that fucking door, alright?* Recuo da imagem. Guacira, dedo médio em riste. Recuo da imagem. Fila de carros. *nothing to see here, go to Buriti Pequeno.* A máquina irá. Guacira não verá o drone. Nem saberá de sua existência. A tecnologia que cruza os céus será teleguiada por mãos estadunidenses, um coração bitolado e miolos mexidos. O típico norte-americano médio. O capitalismo realista não será capaz de dar forças a este autor para matá-lo, infelizmente. Tudo o que posso fazer é falar sobre ele. Ele estará situado a aproximadamente 7.000 quilômetros de Guacira. Transará mal. Ficará calvo antes dos 30.

Acreditará não apenas na subserviência ao seu deus cristão e aos Estados Unidos da América como também acreditará que as duas são coisas distintas. Cumprirá ordens durante a guerra com galanteio. Será traído e saberá. Não fará nada sobre isso. Terá muitos sonhos com objetos fálicos como rifles, bazucas e fórceps. Chorará em média 109 vezes ao ano, secretamente, em seu gabinete pessoal ou no banheiro de Guantánamo. Mas morrerá de velhice. E nunca mais verá o rosto de Guacira. Assim que colocar a face no travesseiro ao fim do dia, o operador de drone terá esquecido dela para sempre. Guacira, no entanto, tremerá do calafrio que lhe corre toda vez que descer até o povoado. O último pensamento de sua vida será decorrente dessa assombração. *O invisível também é concreto.* As crianças no bagageiro do carro da frente, ao crescerem, não chegarão perto de tal metafísica. Se surpreenderão, no máximo, com o corte de cabelo da vizinha pelada que cada um terá em seu respectivo condomínio. E só. Se afugentarão em suas redes sociais de preferência e morrerão com os efeitos secundários da bomba. Elas, assim como o operador de drone a 7.000 quilômetros de distância, quando puserem seus dóceis rostos no travesseiro à noite, esquecerão de Guacira para sempre. Mas Guacira não esquecerá. Se lembrará delas toda vez que descer ao povoado e não as encontrar uma segunda vez. Pensará se foram embora ou não. De fato, logo mais irão. Guacira abaixará a mão. Ela se concentrará no trânsito outra vez e seguirá rumo à farmácia. Não haverá nada fora do normal, exceto o influencer na quina da esquina. Um menino mirrado, de tez interrogativa. Estará fazendo uma selfie, um vídeo, no qual, aos 54 segundos, ao fundo da imagem, veremos Guacira subindo a rampa em direção à farmácia. O título do vídeo, se fosse colocado na internet, seria: ■ ■ ■ Visitei a cidade onde encontraram o corpo do médico na lagoa!!!!1 Babado BRABOOO ■ ■ ■ Guacira escutará restos de frases ao passar por trás dele. ...*eram amantes!!...ninguém sabia!!... por ciúmes!!* Sem ver por onde anda, o influencer atravessará a rua. Seu corpo se encontrará com uma carreta. E sua coluna vertebral se deslocará para além do ponto saudável. O celular será destruído no impacto. Guacira verá tudo. Após testemunhar o assassinato na frente da farmácia, Guacira pensará em outra forma de ajudar as grávidas deixadas em sua casa. As gêmeas Abya e Yala, que moram do outro lado do povoado e sabem o que fazer, já a aguardam. A estarão esperando desde ontem. Guacira nem precisará dizer uma palavra sequer. As duas subirão na sua camionete e partirão para a fazenda. As três, com seus corpos, se tornarão quatro. Guacira, espionada. Abya, lesionada. Yala, sequelada. GAY, em trânsito do silêncio para o absurdo.

 A falta de surpresa de Abya e Yala surpreenderá Guacira. O quebra-cabeças: Graça Cora com um sorriso vermelho, mãos ensanguentadas, Geodésia Bauxita vomitando miúdos, ariranhas despedaçadas pela plantação de pepinos, Greta chorando. Guacira correrá até Greta. Abya e Yala se dirigirão a Geodésia e Graça. As gêmeas tomarão a mão das últimas duas grávidas e as afastarão para longe dos corpos das ariranhas. Guacira e Greta observarão. As gêmeas se aproximarão do ouvido das grávidas e cochicharão algo nele. Após as instruções, as duas grávidas e as gêmeas entrarão em casa. De lá, sairão apenas Abya e Yala. Elas virão até Guacira e Greta para mais instruções. É hora de enterrá-las, dirão. O quê?, perguntará Greta. Elas, responderão e voltarão para dentro. Elas querem que nós enterremos as ariranhas sozinhas?, perguntará Greta. Guacira anuirá. As duas abrirão a terra. Sentirão os odores de outro patamar geológico e a fadiga se abaterá. Elas estavam dormindo, Greta contará. Estavam dormindo quando começou um barulho, continuará. Como um barulho de alguma coisa sendo roída, e aos poucos foi aumentando, e quando eu olhei para fora vi aqueles olhinhos me olhando, milhares deles, e foi aí que elas acordaram e sem pensar duas vezes saíram de casa e... e... começaram a comer as ariranhas sem dó, apenas... tiravam pedaços delas... eu não entendo, não entendo, Greta confidenciará. Guacira escutará e abraçará Greta. Respirarão e continuarão a cavar. Conforme adentram a terra, suas vidas se tornarão mais opacas. Seus símbolos culturais e artefatos antropológicos não mais caberão em conceitos. Devido à experiência de vigor com o absurdo, suas membranas plasmáticas se dissolverão em uma nova ideologia. Aos sentidos, uma nova forma de totalitarismo. O feixe de todas as concepções. A vida real não existe. Greta e Guacira, do fundo da cova comum, se olharão e entenderão a mesma mensagem. A vida real não existe. Mas uma gota de dúvida permanecerá no coração de Guacira. É ao bebê de Greta que ela se refere. Quando nascer será o quê? Terá futuro? Será mesmo especial? Essas palavras nunca sairão da boca de Guacira por causa da preguiça de falar que a fazendeira tem. As duas pararão para tomar suco de pepino e descansar. Encontrarão a casa em silêncio. Abya e Yala estarão fazendo algo com Graça Cora e Geodésia Bauxita na sala. Greta e Guacira não conseguirão ver o quê. Após descansarem, as duas catarão os restos de ariranha espalhados pela plantação de pepinos e os jogarão na cova. Suas mãos ficarão vermelhas de sangue. Seus olhos ficarão vermelhos de nojo. Ao pôr do sol, Greta e Guacira entrarão na sala. As gêmeas estarão segurando as mãos de Graça Cora e Geodésia Bauxita. Greta e Guacira prepararão o jantar para todas. O principal prato da noite será abóbora e ovos com pepino e canela. Todas jantarão sem palavras trocadas visto a fadiga das grávidas recém-chegadas. Greta se incomodará pelos talheres serem a principal fonte de som da refeição. Após terminarem, o silêncio continuará. As gêmeas dormirão na sala junto com Graça Cora e Geodésia Bauxita. Guacira e Greta dormirão na mesma cama. Seus cabelos se entrelaçarão e seus segredos voltarão à superfície. Suas vidas se tornarão ainda mais opacas. Por algumas horas não dormirão. Quem são elas?, Greta perguntará. Guacira responderá que as gêmeas são doulas, as melhores que já conheceu. Elas são estranhas e olham de um jeito estranho, Greta pensará em voz alta. Na cama, suas mãos se tocarão. Guacira acariciará a barriga de Greta. Seus cabelos estarão encaracolados um no outro. Eu não gosto delas, dirá a grávida. Guacira dirá que não há com o que se preocupar, elas sabem o que fazer, sempre souberam e seu jeito de ser é assim mesmo, distante e ilógico, apenas confie nelas. Na segunda noite, Greta sentirá a vibração dos pensamentos de seu filho. Guacira porá sua cabeça na barriga de Greta para escutar os batimentos do bebê. Será a última vez que ela ouvirá os sons internos da grávida. A memória sonora dessa noite virá em sonhos nos meses pares. Após alguns anos depois da ida de Greta, Guacira notará o padrão e iniciará um ritual para se preparar e receber os sons dos sonhos de cada noite.

    Na próxima manhã, Guacira acordará sem ninguém do seu lado. O travesseiro vizinho estará frio. Ao sentar na cama, lembrará que nunca se deu mais do que três segundos para relaxar depois do despertar. O cuidado dos pepinos não deixa tempo suficiente para o ócio matutino. Eis que com os raios de sol penetrando o fundo do quarto uma configuração de iluminância do aposento se apresentará de forma inédita. Guacira nunca observou como a luz recorta e clareia os lençóis a essa hora do dia no quarto. Tomará tempo esquadrinhando as linhas na madeira da cabeceira e contando as cabeças dos pregos no assoalho. Seu corpo pesará como nunca. Sua única visão será embaçada por causa da pressão craniana, vestígios do estresse do dia anterior. Pelo resto do dia achará que é a idade. Ainda na cama, alisará a colcha e cheirará o travesseiro onde Greta dormiu. Seu pulmão se aquecerá. Mas a imagem de um pepino podre em sua mente congelará o sangue do ventre. O circuito das veias interpretará a dissonância calorífica como sinal de perigo e seu corpo será ejetado para cima. Guacira tentará enxergar a plantação pela janela, mas a vista ruim não permitirá. São dois dias sem cuidar dos pepinos. As pernas tremerão para correr, sem obedecer os impulsos de cuidado, e tropeçarão. Guacira nunca viu o chão do seu quarto tão de perto antes. Apesar da vista embaçada, o verde da madeira é verde. Guacira passará o dedo pelas linhas fora de foco. Algumas tábuas estarão quase soltas. Ao se arrastar para perto da parede, Guacira encontrará um desnível no piso. A madeira estará solta. Há um buraco embaixo dela. Não será possível enxergar se há algo nele e o medo de pôr a mão lá dentro fará com que Guacira se levante. Ela colocará a tábua de volta e sairá do quarto. O corredor estará em silêncio. As escadas estarão em silêncio. O corrimão estará em silêncio. O tapete da sala estará em silêncio. As janelas estarão em silêncio. Todos os olhos estarão em Guacira. Três grávidas e duas gêmeas. As formas desfocadas não se levantarão. Venha, dirão as gêmeas. Chegou a hora, estávamos esperando você. Guacira perguntará se gostariam que ela fizesse alguma coisa para o café da manhã. Depois, responderão. Agora precisamos conversar. Elas querem saber os nossos sonhos, dirá Greta. Guacira perguntará que horas são. Não importa, dirão as gêmeas. Precisamos falar os nossos sonhos, só assim poderemos saber o que fazer. Guacira levará alguns segundos pensando. Tentará olhar sua plantação pela janela. Por fim, sentará no tapete ao lado de Greta e das gêmeas. Por que você não começa?, perguntarão elas. Guacira afastará o sono de seu corpo para pensar melhor. A única coisa que ocupará seus pensamentos será a imagem de um pepino apodrecendo. Após alguns minutos, responderá que não se lembra, o que será verdade. Não tem problema, tente lembrar ao longo do dia, dirão as gêmeas. Greta esconderá seus sentimentos atrás de um pequeno sorriso. Que perda de tempo, pensará. A vez da contação recairá com as outras grávidas. Que tal você, Geodésia? Ela abrirá a boca enquanto pensa e levará em torno de dois minutos elaborando o que falar. Meu sonho..., deixará a frase se agarrar às paredes. Será a primeira vez que Greta e Guacira escutarão sua voz. Greta se incomodará com o jeito como pronuncia as vogais. Guacira não. Para melhor análise, destacaremos os relatos oníricos a seguir.

Geodésia Bauxita

Meu sonho... aaaaaa... Com o que eu sonhei? A primeira coisa que vale ser dita é o estranho sentimento de achar que nada foi novo, como uma experiência nova. Pelo contrário. Eu sinto como se já tivesse sonhado com isso antes. Meus dedos ficam até coçando só de pensar. Mais alguém tem isso? Que aflição. Dedo não costuma coçar por nada, minha mãe dizia. Uma vez, num sonho também, eu sonhei que meus dedos coçavam e quando eu acordei minha casa pegava fogo... pela segunda vez... Na primeira eu não estava em casa. Mas e se estivesse? Tenho certeza que sonharia que meus dedos coçavam. Não que *essa* casa vá pegar fogo, pelo amor de Deus, desculpe. Eu acho. Mas se pegar, sonharei com isso antes, definitivamente. Espero.

Com coceira ou não, a verdade sempre vem. Mas o sonho. Do que eu lembro? Tinha... Tinha uma casa. Uma casa bonita... com pátio, fundos, parede amarela e um pequeno riozinho, um filete de água correndo até outra casa pequena, uma casinha de madeira com uma janela que ficava na parte de trás. Eu lembro de livros espalhados por toda parte, por cima das estantes, por dentro das gavetas, pelo chão e até na pia. Sussurros saíam dos livros. Amontoados de frases soltas. Coisas como... "paredes de madeira roubadas do seu subsolo"... se isso faz algum sentido. Cada livro tinha uma temática diferente. Alguns falavam de coisas banais, do dia a dia. Outros, como esse, coisas que eu não entendia. Não havia ordem ou padrão para a disposição dos livros e o seu conteúdo sussurrado. Alguns estavam abertos em uma página e outros fechados. Os que estavam abertos tinham um pequeno vídeo sendo tocado na página. Vi uma cena de dentro de um carro numa estrada, vi uma pessoa fazendo polichinelos, num outro, vi vários psicanalistas num corredor sem saber o que fazer. Subi para o segundo andar. A casa estava vazia? Eu acho que não. Alguém morava lá. Uma pessoa ou pessoas? Alguém morava na casa, com certeza. Mais de uma pessoa. Não acho que eram pessoas que eu conheço. Mas elas se conheciam. Um grupo. Duas... três... quatro? O que mais? Isso é importante mesmo? [as gêmeas pedirão que

Geodésia Bauxita continue] Casa, pessoas, livros, sussurros... Alguém sentado numa roda. Uma troca? Uma mudança. Algo mudava na casa. Alguém...? Era um segredo. Só uma pessoa sabia disso. E essa mudança trouxe muita perturbação para a pessoa em questão, uma grande dor de cabeça. Mas eu não sei por quê. A mudança era segredo. Aos poucos todo mundo foi embora. E eu segui a pessoa que carregava o segredo. Ela pegou um avião para uma cidade grande. Chegando no aeroporto não sabia para onde ir. Consultou o mapa diversas vezes e por fim pegou um táxi. Foi parar num apartamento vazio e sem graça. No quarto, havia uma mesa muito espaçosa com várias gavetas. E em cada gaveta, folhas se avolumavam para fora. Não havia mais nada de muito especial a não ser um caderno-livro com páginas rosadas. Ao entrar no quarto, a pessoa foi direto ao caderno-livro e passou a mão pelas páginas. Ela então o fechou e eu pude ler a etiqueta escrita à mão na capa. Estava escrito "Pornológicas". Depois disso, ela saiu. Continuei a segui-la pela cidade. Já estava escuro quando chegamos num restaurante. A cuidei pelo lado de fora, pela janela. A vi numa mesa, esperando alguém. Depois de muito tempo, a outra pessoa chegou. E... Meu Deus. Essa outra pessoa... Ela... ela era você. Era você. [Geodésia apontará para Greta] Vocês se abraçaram como se não se vissem há muito tempo. Muito tempo mesmo. E ficaram felizes ao se ver. Não me lembro mais nada depois disso.

[Greta Guajuvira não saberá como reagir e as gêmeas Abya e Yala convidarão Graça Cora para relatar seu sonho]

Graça Cora

Antes disso, que tal comermos alguma coisa primeiro? Alguém mais está com fome? Não consigo pensar de estômago vazio. Ninguém? Antes de tudo, aquilo lá fora é o quê? É o que eu acho que é? É pepino, não? Já vi fotos disso. Tenho certeza que é pepino. Vocês viram também, não viram? Pois olhem, olhem pela janela, logo ali. Por que você tem isso aqui? Eu não gosto disso, nem um pouco. Não, não, não, não. E se formos presas? E se nos botarem na cadeia por causa disso? Imaginem vocês. Grávidas e presas por posse de pepino. Ou tráfico, ora diabos! E então, por que você planta isso, hein? O que isso te traz? Dá dinheiro? É isso? Bem, eu não quero fazer parte desse esquema. [Greta dirá que é tarde para se sentir incomodada porque a janta de ontem foi feita com pepino] Eu... comi... pepino? Não, não, não. Por favor me diga que isso é mentira. Quem são vocês? Onde estão com a cabeça? Tudo o que eu mais quero é ir para casa. Por que não posso ir? Por que temos de fazer esse joguinho imbecil? Vocês querem meu sonho? Querem?

Se eu contar, vocês me deixam ir embora? Me respondam. Ora, danem-se. Eu estava muito fraca para qualquer coisa ontem. Se não fosse os restos daquele bicho que me ziguezagueava no estômago e a cabeça pesada e esta criança e as coisas que vocês duas me disseram ontem... Eu só lembro de dormir. Eu estava muito cansada. Fechei os olhos e... nada. Acordei hoje sem nenhum... nada de... Espere. Teve algo. Sim! Uma pressão diferente subindo e descendo pelo meu corpo. Como num avião. Sim! Foi isso. Foi um avião, um voo. Pela janelinha se via um monte verde e o céu azul. Mas eles estavam invertidos no horizonte. A minha atenção se voltou para quem estava sentado no outro lado do corredor. Eram duas mulheres. Não notei nada de especial a não ser o cabelo azul de uma delas. Esta me olhou de volta, um pouco com medo e um pouco com uma aceitação triste. O avião rodopiou algumas vezes antes de cair no chão e logo mais estávamos no hospital, onde a moça de cabelo azul esperava deitada numa cama, sem uma parte do braço. Agora ela estava com uma barba e os cabelos arrepiados. Sua cama tremia. Sua barriga lhe era estranha. E os vizinhos de quarto não escondiam o espanto com a sua imagem, até a chegada de um homem que a levava embora de carro, cortando a estrada. Não sei para onde foram. Isso significa alguma coisa boa?

[As gêmeas pedirão para que Greta conte seu sonho]

Greta Guajuvira

Ainda estou pensando no que Geodésia falou. Porque... Não importa. Mas sim, sonhei com algo também. Com uma casa flutuando sobre um rio. Nesse rio, duas pessoas iam em um pedaço de madeira descendo a correnteza, como uma embarcação. O que me intrigou mais foi a casa e, por isso, me aproximei dela lá no alto. Era uma casa que misturava pedra e madeira, pra cima e pra baixo, de um lado ao outro. Parecia que a casa seguia as duas pessoas lá embaixo no rio, como se estivesse observando elas. Alguém morava dentro dela. Algo respirava e eu sentia. Por um tempo a minha conexão com essa pessoa ou coisa que morava lá dentro foi se aquecendo e a partir de então o céu foi ficando mais azul e o rio, mais forte. As paredes de madeira e pedra se mexiam conforme a minha vontade. Esticavam-se daqui e protuberavam de lá. Por mais que a plasticidade da casa se fizesse experimentar, não havia nada no mundo que fizesse aquela coisa sair de lá de dentro. Foi então que eu decidi olhar por baixo da casa e vi que na verdade ela não tinha piso nenhum. Era aberta embaixo. Uma escada de madeira e pedra se estendia até o andar térreo. Fui até ela e subi. A casa estava escura mas era possível ver farpas e tábuas por toda parte, pilhas de madeira, serragem pelo chão, e outras coisas. Vi várias formas em madeira. Sapo, livro, modelo de célula humana, mão, bicicleta, árvore. Coisas, só coisas espalhadas. Ao pé da escada para o segundo andar pude ouvir um barulho abafado. Uma batida que vinha lá de cima. Com cuidado, subi. No andar de cima o som estava mais alto e não consegui ver ninguém no corredor. Calculei que o som viesse de um dos quartos, tá-tá--tá-tá, bem espaçados entre um e outro, tá-tá-tá, queria ir embora e também não. Tá-tá-tá ficando mais forte. Abri a porta e vi um homem sem camisa empunhando um machado e cortando ripas de madeira. Ele não se importou comigo. Nem pareceu saber que eu estava ali. Fora ele, a coisa que mais me chamou a atenção foram as facas, canivetes, machados e espadas de todos os tamanhos espalhados ao longo das paredes daquele quarto. Era como um museu de coisas cortantes. Lâminas em tudo que é canto. Os fios das navalhas sopravam um ruído mínimo, quase sumindo, que dizia *Quinga Tós* sem parar. *Quinga Tós*, foi o que eu sussurrei. E então, o homem sem camisa se virou para mim. Ele pegou uma faca e começou a correr atrás de mim. Eu corri escada abaixo, até o térreo e depois até o subsolo, mas quando a escada acabou e vi o clarão do sol, caí. Não consegui parar de cair até mergulhar no rio e... Foi isso.

O sonho de Greta incomodará as gêmeas. Suas bocas e olhos idênticos conterão fragmentos da surpresa primordial. Estarão escancarados, aventados com puro terror. Suas orelhas acolherão a sensação horrível de ter que escutar o oco de si mesmas. Serão duas lesmas no Tao. Embargadas em profunda desolação, mal terão voz, pois o segredo que os outros criam sempre assusta mais. Objetos cortantes, elas dirão por fim, com tom ameaçador. Geodésia e Graça não prestarão atenção. Guacira colocará sua mão sobre a mão de Greta e as gêmeas cochicharão entre si. Após breve deliberação, Abya e Yala darão sua palavra. Ninguém poderá sair hoje, dirão. De casa?, perguntará Greta. Isso, responderão. O que faremos, então? Ficaremos aqui paradas, presas?, Greta retrucará. Sim, até amanhã de manhã, responderão as gêmeas. Guacira pensará nos seus pepinos de além-da-janela e no que fará com eles se começarem a apodrecer. Geodésia e Graça sentarão juntas perto da TV e a assistirão o resto do dia. Abya e Yala sentarão perto da porta e farão brincadeiras com as mãos. Greta se afastará para a cozinha e Guacira irá com ela. As duas vasculharão os armários à procura do que ainda resta de alimentos para um café da manhã. Analisando a textura dos pepinos na gaveta de baixo, Guacira chamará Greta para perto, a fim de segredar. A fazendeira dirá que sabe de algo estranho, de algo cadente na voz da grávida — uma sinfonia medrosa. Não posso dizer do contrário, Greta responderá. Aquilo que ela disse era verdade, a grávida falará. O sonho de Geodésia. Não foi um sonho, aconteceu mesmo, ela estava falando sobre o pai da minha criança. As mãos de Greta tremerão junto com um princípio de choro frêmito. Eu não sei por que fui embora, nada faz sentido aqui, ela dirá. Pelo espanto e nervosismo, os dedos de Guacira afunilarão a ponta do pepino que segura. Seu suco escorrerá e manchará o piso de madeira, mas só será notado por alguém muitos anos após a bomba. Com o passar do tempo, a mancha receberá sua erosão, danificando as pontas da estampa amorfa até formar uma frase. E a frase que será lida no futuro por um ex-doutor diz: *só o sonho ensina*. Quando a hora chegar, nem um nem outro saberá interpretá-la. Guacira nunca verá a frase se formar em sua vida. Contudo, junto à gaveta de baixo, segurando o pepino para o café da manhã, se incomodará com a pressão craniana novamente. Ela estará de joelhos no chão, segurando a parte de trás da cabeça, quando sua córnea expandir. O escoamento do sangue nas veias a fará suspeitar que Abya e Yala escondem algo. Do sangue fino, uma desavença crepita. A fazendeira contará dos seus mais novos sentimentos a Greta. A grávida se sentirá aliviada por não estar pensando nisso sozinha. Elas se olharão profundamente e acreditarão (sem dizer) que foram mãe e filha em outra vida.

A mesa posta, diminuta pela escassez das provisões, será o ponto de encontro dos seis corpos incômodos na terceira manhã desde a instituição do novo normal. Ninguém confiará em ninguém. Muito provavelmente pela constipação de todas. Os pepinos comidos por Graça Cora serão analisados um por um. Sua desconfiança com o produto ilícito será objeto de aproximação entre ela e Geodésia Bauxita, que também se sente nervosa pelo simples fato de estar no mesmo ambiente que algo ilegal. Greta, apesar de sua aversão pela leguminosa, relevará o alimento dado seu novo laço pseudo-maternal e cairá nas boas-feitas de Guacira, seu mais recente calor postiço. Graça e Geodésia servirão como exemplo de ingratidão. Durante sua estadia não agradecerão por nada. Imputarão seus prazeres aos prazeres alheios. Reclamarão por dormirem mal. Deixarão a porta do banheiro aberta quando o usarem. Mas esses atos ainda não se manifestarão nesta manhã. Não. O que é pertinente saber transcorrerá numa forma audiovisual desde então oligárquica e cada vez mais popular nos tempos do pós-bomba. A única verdade propragada é a propaganda. Os comerciais serão obsoletos. As marchas de carnaval, anacrônicas. E por muito tempo, *radiação* será a palavra mais frequente da boca dos telejornais. Mas esses fatos também não se manifestarão nesta manhã. Não. Precisamos saber o que é pertinente mesmo. São os olhos que se encontram em volta da mesa olhando o que cada uma come. Um pedaço de pão com pepino e um gole da batida de pepino com açaí. Nervos do bíceps saltando em espasmos pela ausência de exercícios. Narinas se abrindo em intervalos irregulares. Pés inquietos. O relaxamento de Guacira ao escutar as gotas da chuva batendo contra a janela e a certeza de que essa manhã os pepinos serão aguados. A luz vindoura da caixa de luzes e sons com sua semiótica acrítica. A televisão estará ligada e nela veremos uma reportagem especial sobre "O Octagenário Da Grande Luta Histórica: Levitares Té vs. Jiri Chytilová" na República Oriental do Uruguai, a famosa briga em que um lutador levitou para fora do ringue e nunca mais foi visto. Todas verão a história de Levitares Té despontar de seus três anos de idade até seu desaparecimento. Todas escutarão os depoimentos de familiares, da filha pequena e da esposa do pugilista. Após dezoito minutos de apreciação pelo passado, as grávidas, as gêmeas e a fazendeira caolha sentirão o peso dos mortos sobre seus ossos e ficarão em silêncio por outros dezoito minutos, após desligarem a televisão. Espalhadas pela sala, discutirão o que pode ter acontecido a Levitares. Com o terno medo da chegada do tédio Graça Cora se prevenirá ligando o aparelho outra vez. O que verão a seguir na televisão determinará o resto do curso de suas vidas.

O semicírculo disposto sobre o tapete e as poltronas contarão com estômagos à metade da capacidade total. As mulheres não saberão dizer se estão com fome ou não. Tal pensamento será ignorado após as primeiras palavras do noticiário televisivo. O desjejum será abandonado para dar lugar aos picos de cortisol. Gráficos econômicos e mapas geopolíticos se confundirão com gestos agressivos e olhares medrosos. Serão mais de sessenta correspondentes internacionais ao vivo em todos os países da América Latina. Orações subordinadas se cruzarão e os adjuntos plantarão raízes nos ouvidos dos telespectadores. O impensável acontecerá. Depois de um século financiando operações externas, o terror finalmente chegará no seu quintal. Os Estados Unidos da América entrarão em guerra contra si mesmos. O país mais livre do mundo se dividirá em dois. De um lado teremos os republicanos e do outro, os democratas. Como sempre foi. Não haverá estadunidense sem arma. Como sempre foi. Não haverá estadunidense que não seja paranoico. Como sempre foi. Nas primeiras horas da sua segunda guerra civil aquele país servirá de dubiedade ao resto do planeta. Pela primeira vez na história contemporânea os chefes colonizados de governo serão obrigados a tomar uma decisão sem poder consultar o líder supremo. Qual lado apoiar? Guacira, Greta, Graça, Geodésia, Abya e Yala olharão incrédulas para as primeiras imagens que entrarão na história mundial. Em Wyoming, cavalos terão suas cabeças decepadas. Em Nevada, as bases militares serão abandonadas. Em Manhattan, Wall Street será lavada a sangue. Ao longo do dia, os doze olhos se acomodarão com o vermelho corrente da tela. No cair do sol, o exército terá se dividido em dois e o presidente será sequestrado. As bases militares estadunidenses ao redor do mundo sofrerão influência da guerra civil para criar alianças entre elas. Algumas serão cooptadas por um lado e outras entrarão em complô para se tornar uma nova nação independente formada por homens belicosos, sem vínculos com os acontecimentos da agora ex-pátria. Nenhum homem será indiferente ao conflito. Contudo, a guerra será caracterizada pela dúvida mundial. Não restará povo sem sua própria divisão interna, pois a imagética da guerra só fere sob aval de um consenso e, na falta de uma régua una, a sequência malsã da história julgará necessário o poder central. Quando a cabeça se parte, o resto do corpo não funciona mais. Assim são os povos colonizados. Assim são os povos partidos. Na falta de pipoca, nenhuma das mulheres se importará de julgar a procedência ilegal do alimento de Guacira para acompanhar as notícias. A chuva não participará dos sentimentos despertados naquele dia. Ela apenas molhará os pepinos de Guacira Leocádia, fazendeira caolha.

O Instituto Ontológico

(26 novas espécies de carrapatos fosforescentes depois da Grande Bomba)

Avizinhou-se O Obcecado ainda mais cadavérico sob o reflexo lunar. Pálido e esmiuçado. Insone, por certo. Sei que me escondia segredos, sim. Havia uma trilha de pegadas umedecidas deixadas para trás de si, para além das camas. ¿Teria pulado o muro e voltado? Não aparentava horror. Logo, supus que não. Mas... ¡ali! Em suas mãos: um pedaço de pano rosa, que tentava esconder. ¿Onde esteve? ¿Teria vadiado por conta do sonambulismo? Iniciou-se a troca de sussurros.

— Passe pra cá. ¿Onde conseguiu isso?
— Não diga assim. Não estou para rispidez.

Tão pequeno ele, miúdo. Chupado pela fome, o pobre. Tem de comer mais. É atimia, no mínimo. ¿Haverão de notá-la? Talvez a interpretem como falta de vitaminas ou assexualidade, os cornos. Olhando nem parece que já sobreviveu a tanta coisa ruim. Os tremeliques já foram piores. ¿E agora quer fazer o quê? Puxa e puxa o roupão. ¿Mas que tanto tenta esconder esse pano? Nem bolso tem.

— ¿Onde você arranjou isso? ¿Foi com O Metido?
— Não, não foi com ninguém.
— ¿Foi com O Xexelento?
— Eu encontrei.
— ¿Está a encontrar coisas agora? Adquiriu o hábito dos saudáveis. ¿Por que você não está na sua cama?
— ... o sonambulismo...

— Suspeitei. ¿Não aumentaram os seus remédios? Eu vi O Puto Vingativo mexendo na sua ficha.

— Se mexeu, algo deu errado.

— ¿E agora? ¿Você está acordado de verdade, como gente?

— Sim. Eu sei porque estou com medo. Olha.

Inspeção: tremedeira nas mãos, olhos despertos, pulso acelerado e cheiro de nervosismo sob as axilas. Verdade. Não havia percebido o horror porque as minhas vistas já não enxergam direito. Faz parte, acontece. A falta de vitaminas me faz lembrar que morrer pode ser melhor. Na morte não se tem dores de cabeça nem aluguel a pagar. Na morte, a sola dos pés não doem. Mas, considerando o estado d'O Obcecado, não julgo estar eu mais perto do lado de lá. ¿Como pode? Ainda se aguenta de pé, o meu amigo, contrariando as estatísticas. Éons de evolução me entregaram esse espécime. Répteis escaparam da morte para que as neuroses de meu amigo não se perdessem e fizessem parte dos anais de um compilado de História concebido por um autor anônimo. Eu, no caso. Mas divago. Voltemos. ¿Quanto mais há para destilar desse corpo? Se continuar assim será mais fino que as nossas roupas. Não deveria dizer isso a ele. Faz mal jogar responsabilidades a quem não tem culpa ou métodos eficazes de higiene conceitual.

— ¿Onde você esteve?, agora mesmo.

— Eu... não lembro.

Com as mãos, rabiscava matrizes no ar. E não avançou nas deduções. A falta de resoluções o afligiria se não saísse da aporia logo. Não podia deixá-lo irresoluto e incomodado, de pé entre os dormentes. Acordaria todo mundo e provavelmente o matariam. ¿Por que fui perguntar?

— Ora. Sigamos as suas pegadas. Venha.

Dei adeus à minha vista do jardim e desci da janela. Assim

eu entrara no mundo. De peça em peça a insônia construiu sua máquina dentro de mim e a única vista capaz de afugentar o funcionamento desse motor é o jardim. A fuligem por sobre as folhas torradas é o meu novo simulacro. Como eu amo esse jardim: o meu pessegueiro podre e seus habitantes; o buraco do muro, por onde vejo o lamaçal e os lamuriantes peruanos; as dunas de cal ressequida; as tentativas de ejaculação. Meu jardim não mudou quase nada desde que entrei aqui, exceto o seu status quo. Continua com as mesmas paredes, os mesmos corpos idosos voltados para o muro, vozerios de desassossego, os mesmos amargores a esmo. Já vi pularem do telhado. Já vi espancarem um médico quase à morte. Colega meu. Já vi dissecarem roedores inofensivos com as mãos e dentes. Mas hoje não vi nada de especial. Nenhum fugitivo, nenhum satélite, nenhuma tropa nômade. ¿Por onde anda o mundo? Nem mesmo uma propaganda nas nuvens a gente vê mais. Talvez estejam todos mortos ou tenham desaparecido para outro lugar. Não é a primeira vez que nos deixam para trás. Sempre nos leram como retardatários, insanos, alvos de exclusão passional.

Imiscuindo-se entre as visões de secura da Terra: o falatório d'O Obcecado rebatendo nas paredes do pavilhão para poucos e loucos que ainda não haviam pegado no sono. Eco daqui, ronco de lá, vira-vira na cama de ferro e as moscas. Hoje elas têm testas de cimento, talvez por causa da radiação das manchas solares. Meu amigo se encontrava em meio ao seu mais novo redemoinho:

— ... fazer cálculos, imersões de concluimento, testes antropofágicos (melindrosos ou inocentes), andar cabisbaixo por meia quadra, parar no susto, desfazer malas perdidas em rodoviárias, furtar espelhos losangulares, tudo. Tudo. O esquema completo, o quadro inteiro. Como quando você andou a me mostrar o que cada sala fazia. Mapeou as instalações, me introduziu aos métodos de introspecção da ontologia clínica, me ensinou as normas comportamentais de pós-transição, me guiou pelos corredores do pavilhão onde as pessoas se transformavam na sua ideação, onde as pessoas faziam análise, onde as pessoas passavam por um período de treinamento com o novo ser. Você já me contou sobre todos os centímetros desse lugar, sobre todos os traumas daqui e dali. Mas nunca me contou sobre *aquilo*. Eu gostaria de saber. Você precisa me contar.

— Fale baixo. ¿Contar o quê?

— Sobre a glândula conceitual. ¿Por que você nunca me conta sobre ela?

— ¿De novo isso? ¿De novo?

— É a última vez que eu irei lhe pedir. Olhe.

Me mostrou as costelas salientes sob o roupão.

— ¿Vê? Eu não vou conseguir lhe pedir de novo, Doutor. Por favor. Não quero que a última coisa que eu escute seja o meu próprio vórtice. Por favor, me conte sobre a glândula conceitual. Quero morrer com a sua lembrança nos meus ouvidos.

Mal mexia os olhos por estarem secos e colados às pálpebras. Olhava sempre fixo à frente e mexia a cabeça ao invés de movimentar a visão, o que tornava cada rotação sua uma espécie de filme de época, daqueles em que não há fala, apenas ações e foi com ações que me tocava agora, não com palavras, as investidas com os ombros giratórios, as pernas presas no chão, sua cabeça tensa e o maxilar trepidante, efeito de alguma droga ou algum início alucinatório. ¿Ou teria sido o modo como disse? Que som que sai de sua boca, sem caprichos com o atrito, sem espernear com as paredes. Latente de morte mas portador de uma dicção invejável. ¿Falava bem por que sabia do fim? Eu já percebera o fenômeno em outros dos nossos. Não gaguejava, não titubeava. Entendia. Provavelmente riria da situação se tivesse força nos músculos da face.

Sinto falta de sorrisos. Da sensação de enlace que ocorre ao cruzar por uma rua e pegar os resquícios do efeito de uma fofoca alheia no rosto desconhecido. De abrir a porta e entrar no ambiente recém-povoado pela pilhéria para com a morte — a negação da vida maquinal. De ver, no metrô, os olhares adultos que se permitem. Sinto falta daquela frase:

> *Ser e querer só se separam em morte.*
> *— Dr.ª Anelise Exis Té, ontologista*

A frase que me fisgou.

    Curioso. Como vim a confirmar ao fim daquele dia há muito tempo, eu também sublinhara a mesma frase na minha cópia do Manual Clínico de Ontologia. ¿Seria ele um estudante?, eu havia pensado. Não lembro se mais alguém lia aquele dia no vagão. ¿Será isso que me despertou? Sua franja dobrava como se ainda fosse inocente. Talvez fosse. Ou mantinha máscara. Nos próximos dias eu sentaria sempre no mesmo assento, imediatamente atrás dele, e acompanharia o progresso de sua leitura. Ele era tão fascinado quanto eu na minha primeira imersão aos estudos clínicos de ontologia. Em verdade, ¿quem não há de se apaixonar por Dr.ª Anelise? Após uma semana, ainda sem resposta ao meu mistério visto que sempre tive dificuldade para começar amizades, não conseguira me afeiçoar a ninguém, a nenhuma pessoa que pudesse perguntar quem era *ele*. Encontrá-lo aqui dentro seria tarefa hercúlea demais. Centenas de pessoas se deslocavam para cá todos os dias. Éramos formigas com diploma. Trilhávamos por onde nos mandavam. Terceiro andar: sondagem inicial. Ala 20: terapia em grupo. No cubículo do almoxarifado, aos fundos: narcóticos. ¿A quem perguntar? Ninguém confiava em ninguém. A altíssima reputação do Instituto Ontológico nos colocava em situação de soberba e mesquinhez, o protótipo da desconfiança e veneno. A gênese. E quando por alguma zombaria dos ventos, sentia eu o perfume *dele*, minhas canelas se aguçavam e minha postura tornava a se apequenar, a se colocar em posição de voyeur para procurá-lo no saguão, à hora de ir embora, ou no elevador, entre dezenas de colegas, ou na plataforma onde os residentes recebiam as instruções do dia. Sem nome nem sobrenome. Profissão: cativante. Altura: certa.

Céus. Como uma criança que nota a ausência da mãe durante um passeio, me vi perdido e procurei meu amigo. Atravessei os tempos, de volta ao agora. O revi, me encarando de boca aberta, com as luzes das velas forjando uma silhueta ainda mais esguia. Não sabia o que dizer.

— É esse olhar, tem coisa. ¡Você sempre fica mirando longe quando toco no assunto!

— ¿Que tal o seguinte? A gente fica em silêncio e nós vamos juntos descobrir de onde você encontrou esse pano e eu lhe conto no caminho sobre a glândula conceitual.

— ¿Jura? ¿Você jura? ¿Você finalmente vai me contar?

Por alguma razão ajoelhou-se na minha frente e principiou o choro.

— Sim, mas levante-se e cale a boca. Saia do chão, fique longe das baratas. Venha.

O agarrei pelo braço e observamos o caminho do curupira. As pegadas atravessavam o pavilhão. Com cuidado, desviamos dos assassinos, dos deprimidos, dos apáticos, dos burros, dos ascéticos, dos toxicômanos e dos maníacos. Ao fazermos presença no corredor, nossos sussurros se iniciaram outra vez. Meu amigo estava menos eufórico, nem parecia histérico. Jovial até. ¿Me escutaria mesmo? ¿Não seria só uma crise?

— Eu não gosto de lembrar dessa época. Você sabe.

— ¿Muita dor, Doutor? Eu sei como é.

— Deixe-me ver esse pano. É lindo. Faz tempo que eu não toco em algo tão macio.

— É bonito mesmo.

Precisei me aproximar das velas na parede para enxergar direito o pano. ¿Seda? Há algo de misterioso nesse pano. ¿De onde veio algo tão limpo? Tão macio. Não consigo lembrar a última vez que vi algo limpo. Talvez na Páscoa de uns anos atrás. Alguém disse ter encontrado chocolate e metade do Instituto achou graça. Pensou que era mentira. E era. Mas houve pelo menos dois que se arrumaram para a ocasião. O Estranho e O Bracinho. Nunca se separaram depois disso. Conseguiram juntar um pouco de água da chuva e alisaram o bigode, barba e cabelo. Não precisavam, mas se empenharam. Se limparam. Se importaram.

Havia algo num dos lados do pano. Uma letra. Não, letras. Em alguns pontos quase formavam-se palavras. A tentativa de esconder essa face do pano para que O Obcecado não visse não permitiu que eu pudesse olhar com cuidado as letras. Julguei que seria melhor se ele não visse. Supus que ainda não havia visto as letras. De modo contrário, já teria dito algo sobre isso. Ao longo do corredor pudemos enxergar melhor as pegadas por causa do reflexo da luz das velas.

— Olhe. Parece que você veio das escadas.

As pegadas andavam em direção à porta corta-fogo. Muitos dormiam pelo corredor hoje. Meu amigo olhava-me como um cachorro esperando carinho. Seu trato era enviesado. Não era sobre a glândula conceitual que gostaria de saber. Ele queria saber por que eu estivera preso. Via-se como a curva das córneas desenhavam a curiosidade em seu semblante. Quando estive preso aprendi quão corriqueiro é contar sobre a causa da própria prisão. Mas demorei a aceitar estar confortável em dizer o que havia feito. E depois de ter saído, não consegui readquirir o hábito de poder dizer sem mágoas. Àqueles que não se expuseram dentro das linhas de confinamento, não digo nada. Porém, não era o caso com meu amigo. Ele próprio havia sido preso também. Por roubo. Cleptomaníaco, nascera roubando. Me conta que assim que nasceu surrupiou o fórceps da mão do obstetra. Não duvido. Acredito que, se se entediasse, apuraria métodos de subtração dos pertences daqueles que ali dormiam.

— A glândula conceitual... O caso da glândula conceitual.

Seu rosto se avivou. Um sorriso. As bochechas não respondiam à dor causada pela falta de colágeno na pele. Não se importava em sofrer. Minha narrativa para ele era mais importante. Seu sorriso me surpreendeu. Eu não sabia o que fazer, como responder à altura. O farrapo da couraça de seu corpo se embotava. Via-se o branco raro no meio do rosto. A abertura dos dentes é o mesmo que desejar a exclusão. Ninguém mais sorri. E faz meses que não receito o sorriso em público. Por bem. A quase todos é muito custoso a tolerância de ter que dividir os poucos frutos da nossa horta entre nós. Porém, dividir esperança é crime. Desejei que ninguém estivesse fingindo sono, ou de fato meu amigo se veria no grupo de membro único dos arrevoados. O que significa pena sob multa de invisibilidade. Ninguém o vê, ninguém fala com você, ninguém lhe dá atenção. E se fosse o caso, tenho certeza de que meu amigo não se encontraria mais entre nós e buscaria sanar suas peripécias em outro lugar.

Por instinto, tapei sua boca e olhei ao redor. Ninguém dava sinais de insônia. Coitados. Não costumo vir ao corredor à noite porque não gosto de passar por perto dos que dormem ao pé das velas. Se desesperam se ficam no escuro e só conseguem dormir com luz fraca no ambiente. Sobreviventes de drones. Se, por acaso, à noite, uma corrente de ar passar e apagar as velas, entram em prantos. Quando acontece, deixo para os mais fortes virem primeiro pois, se não, sofro golpes de todos os lados e tenho muito medo dos seus gritos. Eles me arranham o tutano.

Tirei minha mão da sua boca depois de ter certeza que não sorria mais. A atenção ainda morava em seus olhos. Não a quebraria por nada. Sua feição era o contrário da morte. Não parecia estar prestes a nos deixar. Não pude evitar minha mão percorrendo os contornos das suas têmporas, buscando a vida que transitava por aqueles poros.

— Era... ¿Que ano foi? Eu devia ter meus vinte e poucos, próximo da sua idade. Foi alguns anos depois do vírus mas antes do mundo acabar.

Seus olhos não acreditavam. Minha palavra finalmente seria desvelada. E quanto mais me olhava, mais me sentia impingido de continuar a desatar o nó que aos poucos se sentia em casa no meu peito, um velho conhecido e doente que não ia embora, não tinha pressa em me deixar de lado. Me dei conta do corpo estranho porque as minhas frases caíam para dentro de mim, como se um ímã central puxasse o teor do significado e do som. Não sei se meu amigo me escutara, apesar do silêncio no corredor. Estava descalço a criatura, pé no chão. Tremia. Talvez a minha palavra fosse a única coisa a que ainda se agarrasse.

Tive receio em falar perto dos que ali dormiam. Eu queria sair dali o mais rápido possível. Tomei a dianteira e segui para a escada. Meu amigo veio atrás. Deixamos os sobreviventes de drones e nos concentramos em fazer o caminho reverso das pegadas mais uma vez. Não mais do que quatro passos foram necessários para que a minha respiração voltasse ao normal. No meio do saguão, porém, senti como se um espírito orasse pelo meu mal-estar. Acontece que, nos dias de lua cheia, para o insone que transita dos dormitórios à escada, há uma aura de julgamento místico que decorre da ilusão de ver dois olhos observando o notívago que por ali passa. Explico. Há muitos anos, muito tempo depois de terem desmontado os elevadores, duas figuras já supracitadas, O Estranho e O Bracinho, abriram buracos no topo da casa de máquinas para que a luz do sol entrasse pelas duas portas dos elevadores, agora sempre abertas. No entanto, à noite, a sensação de se estar diante das duas fendas se tornava, no mais das vezes, inquietante. Dois olhos falsos são o suficiente para que concebamos nossos julgamentos sobre nós mesmos.

Paramos eu e meu amigo diante do poço dos elevadores. Os vãos emitiam um pequeno uivo, uma ressonância muito baixa e quase imperceptível. Não tive coragem, mas tive curiosidade para olhar o céu de dentro do vão.

— Os elevadores... Eu quase posso sentir como era o cheiro do Instituto naquela época.

— ¿E como era o cheiro?

— Era como se todo mundo se preparasse, inconscientemente que seja, para tocar uma sinfonia olfativa. Havia os perfumes graves, os desodorantes médios e as colônias agudas, sem falar nos cremes faciais, o piano da orquestra. O shampoo, o coro, para coroar o ato. Entrar num elevador é estar junto a grandes compositores que não sabem o que fazer com a trescalação e a redolência. Mas minha condição sempre agravou o trato com as pessoas. E por isso sempre sofri. Hiperosmia. Desde pequeno. Não a tenho mais. Creio que por falta de vitaminas. Deus, sinto falta dos elevadores.

Deixou-me ter o meu momento em paz à frente do poço. Ao chegarmos à porta corta-fogo, sentimos uma lufada de calor que baforava pelas frestas do tampo de metal esburacado. É de conhecimento comum que quebrei as minhas mãos tentando separar uma luta com marretas entre dois internos certa feita. Por isso, é costume que me abram as portas, visto que meus punhos se deformaram ao longo do tempo e sinto dor ao mínimo dos esforços. Porém, desta vez esperei, à força do hábito, em vão e sem pensar. Meu amigo não se mexera, esperando que eu próprio abrisse a porta para nós. Julguei que estivesse com medo. Tentei o meu melhor ao agarrar com uma das mãos a maçaneta. Só então tive ajuda. Mas a aproximação ao tampo fez meus nervos entumescerem.

Começou com um rebuliço. Uma latência nas juntas. E logo estávamos nós dois impregnados do mesmo transe que discorria através dos buracos da porta de metal. Algo esforçava-se por se esconder. E no entanto chegava até nós. Um ruído vil que me tomara de assalto a confiança e o conforto. Hesitamos à porta. Nos agachamos e espiamos como pudemos. Vi um pé e depois outro. Um menino contra a parede do outro lado. Também agachado. Se agarrava a algo, que produzia o tal ruído. Soava como se estivesse tentando cortar vidro com uma tesoura. Pelo menos assim parecia.

Meu amigo já se encontrava de pé outra vez. Não temia o mistério. Abriu a porta e me deu passagem. Nossa presença não alterou a cena. O menino continuava a se debruçar sobre algo, com as costas para nós. Não pude identificar quem era. Talvez um dos meninos ciganos ou um dos meninos coveiros. Adentramos as escadas e foi então que virou-se para nós. Tinha dois abismos por olhos e uma aura em vias de inanição.

— Não se preocupe. Não há com o que...

Era um osso. Mastigava um osso. Uma ulna, creio.

— Você... ¿estava comendo isso?

— ¿Por que você quer saber? Você é um intrometido. Cuzão.

Sumiu sem mais letras e vírgulas escada acima levando seu osso consigo. Jamais esquecerei aquele ruído. Só uma outra vez havia visto uma pessoa tentar comer um osso. Não lembro as circunstâncias de tal evento. Nem quem era. Porém, a vergonha também se repetiu. Estava às escondidas. Logo me viu e quis que aquilo não estivesse acontecendo, que eu não a tivesse visto. Algumas horas depois, era encontrada morta com dois frascos de estricnina perto de si. Uma parte de mim quisera se sobrepujar ao dever que iniciara minha caminhada noturna. O menino havia subido as escadas. Porém, as pegadas de meu amigo seguiam para baixo. Não pude nem pensar. A obsessão falou mais alto e logo fui deixado para trás. Agora era eu quem seguia meu amigo.

— ¿Você se importaria de depois me ajudar a encontrar aquele menino?

— Sem problemas, Doutor. Tudo o que você quiser. Eu sei onde costuma ir.

— ¿Você o conhece então?

— Sim.

— ¿E como se chama? Não lembro de já tê-lo visto antes.

— Eu não acho que ele tenha nome.

Meu amigo pareceu não dar importância ao fato de seu roupão estar roçando as velas do chão. Caminhava obcecado com o que mais poderia encontrar. Admirei estes breves passos até o próximo patamar, pois ver alguém com afinco é coisa rara. Mas busque e encontrarás. Assim sucedeu. Outra vez, outra figura. Mais do que isso não pude discernir. A largueza dos ossos dos ombros de meu amigo me impediu a vista. Parou de súbito, o que me tirou do eixo, e fez com que eu pisasse em falso numa de suas pegadas, me jogando ao chão. Logo compreendi que não havia pisado em água, tamanha viscosidade. Meu amigo não se virou para me ajudar. Não se mexeu. Antes do malogro da queda, eu senti a estranheza do ar, a temperatura errada, o suor que corre pra cima. Um calafrio que logo se evaporou. Bati a cabeça em algum lugar, espalhando por todos os lados o poder de fazer sentido do mundo. Não compreendi nada a partir de então e me deixei levar. Meu amigo não se movera ainda. Não se perturbara. Com dificuldade, me apoiando do melhor jeito que pude nas mãos, consegui levantar e ver. A figura continuava lá. Era um homem. Ele estava dobrado sobre o próprio sexo, engolindo a si mesmo.

 O autofágico não se incomodou com a nossa presença. Pelo contrário, engolia-se agora mais afoito ainda. Suas pernas tremiam com cada estocada a si mesmo. Estava nu e tentava gritar, mas o urro dentro de si não saía. Não tinha como. Suava como uma cachoeira, encharcava o chão. ¿Há quanto tempo estaria ali? Os músculos da coxa haviam retesado. Meu amigo e eu cuidávamos toda força exercida e concentrada na ponta dos pés, em movimento de alavanca. Enamorava-se. E cuspia porra. ¿Queria acabar consigo mesmo? Eu não saberia dizer quanto tempo ficamos a observar aquela criatura sorvendo e pulsando para dentro e fora, buscando alguma resposta nas próprias secreções; a ouvir as minúcias que seus lábios balbuciavam; a lembrar dos antigos desejos do outro mundo, do mundo de antes, das pessoas de antes do fim; a lamentar, pois desejávamos ter a vitalidade e o tônus para rebocar as paredes de todo o Instituto. Meu amigo e eu compactuamos em não quebrar o silêncio. Apenas observamos o homem. Tive medo de que o menor movimento pudesse desfazer o encanto daquele contorcionista. Porém, como um corte lacaniano, deu-nos as costas e saiu dançando igual a um caranguejo, com a língua ocupada.

 Creio que meu amigo também ficou feliz em perceber que as suas pegadas iam na mesma direção que o homem. Não havia porta corta-fogo para o andar e sim uma toalha que pendia do alto, divisando o corredor das escadas. Entramos, mas não vimos mais ninguém. O homem nu perdeu-se nos corredores. As poucas velas foram o suficiente para nos mostrar o caminho das pegadas. Elas seguiam ao calor. Vimos poucas pessoas depois de algum caminhar. Todas insones e com os seus problemas. Não nos deram muita atenção. Cada dobra que percorríamos dentro do complexo dificultava meus pulmões. Eu não queria dizer a meu amigo, mas sabia para onde estávamos indo. Ao chegarmos no limiar do recinto, olhou para a inscrição acima da grande porta dupla verde e leu:

— Ala de Transição.

Aqui estávamos nós. Já não visito tanto esse andar. Evito o subsolo. Não consigo olhar para o chão sem escutar sussurros. Palavras minhas. Palavras alheias. Já se faz mais de uma vida inteira que deixei de ser ontologista. Não por escolha. Se eu pudesse, ainda ajudaria as pessoas a serem o que bem entendessem. Mas isso são outros tempos e duvido que alguém ainda tenha fé na prática terapêutica da mudança do Ser. Após a minha prisão, a ontologia clínica no país passou a ser mediada pela junta mais criteriosa desde a sua criação. Não foi por acaso. O fim do mundo foi o estopim de várias coisas. Entre elas, a busca por novas experiências. Quem não optou pelo suicídio ou alguma forma de morte assistida procurou dar vazão àquilo que se esconde por trás do muro social. Muitas pessoas se voltaram à ontologia clínica para ser o que sempre quiseram. Havia, obviamente, as que gostariam de ser outro animal. Havia as que desejavam ser um corpo celeste. Porém, a burguesia local nunca imaginara que a negação fosse parte da vida. Havia filas de novos pacientes da noite para o dia e brigas constantes por clínicos ontológicos, os galãs dos tempos áureos, seguidos quase como atores do cinema da virada do século. Eu depois soube de tudo isso porque, e talvez esse seja o fato o qual me lançou a uma encruzilhada espiritual, por falta de melhor expressão, mas, depois de 14 anos preso, sem companheiros próximos ou amizades com as quais eu me sentisse confortável para externar meus verdadeiros anseios, chegou à prisão um novo detento.

Prefiro não dizer o seu nome para que esse segredo vá ao chão comigo. O encontrei pela primeira vez lendo na biblioteca da prisão. Não demorou para que esparsos comentários em voz alta das nossas leituras individuais fossem rebatidos pela negativa ou pela dúvida do outro, caso um de nós sentisse o ímpeto para tal. Pilhéria, no mais. Não restava o que fazer. (A porta do diálogo não é uma opção se a casa está desabando.) Porém, assim teve início a minha volta à vida. Tão longe fiquei das pequenas coisas. Desde o "Bom dia" dito sem esforço até o acompanhar a curva da sombra dentro do pátio. Jurei que o instante havia desaparecido e meu fim nunca chegaria. Eu quase aceitara um prédio atemporal para morar. Por bem, os muxoxos que atravessaram a sala de leitura deram-me a oportunidade de regresso ao sentimento de pertença das minhas coisas. Dos meus sapatos. Das cores que enxergo. Do canal no meu dente. De conseguir divisar a melancolia ou o recalque no caminhar dos meus ex-colegas de trabalho. E nas veias correram as lágrimas que contive.

    A depressão nos imobiliza por fazer-nos acreditar no tempo único. Na não virada de chave do universo. A prostrar-nos a uma cama sem dimensão. Palavras do meu companheiro de prisão. Se esta fosse uma obra de ficção, julgaria que as moiras do autor não têm criatividade. Pasme. Por coincidência, meu companheiro de prisão também havia sido ontologista e, como se não bastasse, também havia sido residente aqui no Instituto Ontológico. Nunca o conheci, pois entrara depois de mim. Ele, porém, ouvira falar do que eu havia feito. Não demorou até fazermos amizade e compartilhar um com o outro sobre a prática clínica. Seu crime é irrelevante para nós. Me confessara muitas coisas. Como, por exemplo, da vez que fora trabalhar sem dormir por ocasião de uma festa e errou o preenchimento de um prontuário. Resultado: a mulher que queria ser um triângulo equilátero virou um triângulo escaleno. Mas talvez o fato de maior surpresa para mim foi saber que ele conhecera Dr.ª Anelise

Exis Té. Também foi ele quem me contou o que se passara nos últimos 14 anos aqui no Instituto. Até suicidar-se na prisão. Prática cada vez mais comum até a outorgação da data de indulto universal. Foi com muita dor que recebi a notícia de sua morte. Mancomunei-me comigo mesmo de que a tragédia é lei. Eu era feliz antes de vir trabalhar aqui. Me vestia com gosto. Tinha prazer até em escolher a marca de fio dental a ser comprada. Foram as repetidas sucessões de eventos, de embate ou dialética, como dizem os acadêmicos, que me forçaram a empurrar para dentro de mim uma vida que eu não queria. Eu amava o pouco que vivia até vir trabalhar aqui. Então, fiz o que fiz e fui preso. Afastei-me de tudo. Tive ódio de mim. A esperança, porém, se fizera nos muxoxos. E o fim do mundo a raptou.

Após o indulto universal, muitos não sabiam para onde ir ou o que fazer. Estes eram os mais solitários, os que não tinham ninguém. Vaguei com eles por um bom tempo. No princípio, não estranhei a visita às cidades desconhecidas porque tudo era estranho. Viajávamos à noite para escapar do sol. Por isso sempre foi difícil divisar os relevos rurais e urbanos. Àquela data minha visão já apresentava sinais de desgaste. Porém, meus ouvidos se aguçavam toda vez que alguém mencionava Instituto Ontológico em voz alta. ¿Havia alguém decidido pelo grupo que estávamos indo naquela direção? Não sei. Quando em um dado dia, alguém folheava um mapa e lia em sussurros Instituto Ontológico eu havia achado uma razão, assim pensara. Dei adeus aos que não quiseram me acompanhar. Depois de alguns meses, chegamos. Dos que vieram comigo só resta um.

Pôr os pés outra vez no saguão do Instituto não foi como eu imaginara. Os ecos soam diferente hoje. Não há a mesma tensão nas paredes. Creio que por falta de ranço, pois os podres já foram embora para o exterior do país. Me surpreendi ao encontrar tudo funcionando, mesmo com menos residentes. Os que vieram comigo foram aceitos como voluntários para o que fosse preciso. Já eu precisei comprovar que de fato havia trabalhado aqui. Deixaram-me acompanhar os processos como residente especial até se sentirem seguros da minha capacidade e qualificação. Mas as coisas haviam mudado. Os desejos do fim do mundo arremessaram a psiquiatria a um novo vetor. De repente, livros de referência se tornaram obsoletos e a demanda para atender os novos pacientes tornou a clínica impraticável. Tsunami após tsunami, furacão após furacão, as pessoas vinham até nós. Hoje, aqui nada mais funciona. O Instituto tornou-se abrigo aos piores tipos. É um refúgio e também um lugar de parada àqueles que tentam a sorte na Superfície. Não nos arriscamos a sair muito. A morte é quase certa. Há quem diga saber o caminho até a segurança debaixo da Terra. Mas ninguém nunca voltou ao nos deixar.

À frente da grande porta dupla verde, meu amigo ainda esperava.

— Vamos entrar, Doutor.

Meu amigo abriu a porta. Lá dentro, calor e escuro, exceto por um foco de luz ao fim do corredor. Ao chegarmos mais perto vimos outro pano rosa atirado ao chão. Como as velas adiante eram um pouco mais fortes, não perdemos tempo. Dessa vez não pude disfarçar e meu amigo viu algo escrito no pano. O levantou para olhar melhor e leu em voz alta. Deixo aqui a transcrição do que, no primeiro momento, pensei ser a falta de vitaminas fazendo truques com a vista de meu amigo. Mas, como pude conferir depois, não era brincadeira. O pano:

essis açuçãni tripalní
essis açuçãni tripalní

kuñga têti kekí
mulú mêmi mêmi pê
acedêdi caxiñguê, túñlu

licár señ sín cár, sincesásiñcar
ñguê pepôla pár
nutí lãmé míscas miscascár
tárca cós cós tár costácara sar
rastásta tás tês tis táscocar

baltêsi portesí
síncapos verti, fús
d'arió nininí
quisfár quérs lapalí
turda cér

mir ismás per zatrapía per
afifátos zerzefús
arstá tars tástara tastára tatarasta ratas tártaras tarstatará

rêmur mire mós
rasmír rús afanassós
atabéqui táqui prós
basbás díde vãnti carpartós
sirca sis Quinga Tós

Deixo você fazer uma pausa para assimilar. Eu não sei lhe dizer sobre o que se trata.

Enquanto esperávamos o eco das paredes ir embora, meu amigo, sem pensar duas vezes, tomou o pano que havia me dado momentos antes e o inspecionou à luz das velas. Surpreendeu-se e olhou para mim espantado.

— ¿Você viu isso?

— ¿O quê?
— Tem algo escrito nesse aqui também.
— ¿E o que diz?
Leu e me deu o presente outra vez. O pano:

O desafio era deixar as mãos enterradas por mais tempo.
Quem fizesse isso, ganharia a arma do pai de Cássio.

— Que diabos...
— ¿Quem é Cássio? Não conheço nenhum Cássio, Doutor. ¿Quem será que escreveu isso?
— Bem, não temos muitas opções. ¿Quem sabe escrever?
— Além de você, tem O Puto Vingativo.
— Tem A Cigana.
— Tem A Bicha Antológica.
— Tinha O Dedada Faz-Me-Rir.
— É. Sinto falta dele. Mas tem também O Advogado Insatisfeito.
— Tem A Madame Ambivalente.
— Tem A Sósia-De-Si.
— Tem O Estudante de Revolta Metafísica.
— ¿Quem mais...?
— Tem O Meu-Cristal-É-Pedra-Que-Se-Come.
— Estou cansado, Doutor. Não consigo pensar mais. ¿Podemos descansar um pouco?
— Claro.
Nos sentamos um de frente para o outro no corredor. As horas a passar. Era a parte mais difícil da noite para mim: o limiar do saber. Do saber se conseguirei dormir ou não. Se estou na minha cama olhando pela janela, é nessa hora que penso nos sonhos dos assassinos ao meu redor. Às vezes, quando estão todos quietos no pavilhão, escuto marteladas batendo dentro das suas cabeças, como um metrônomo. Para

afastar a vigília, inspeciono. Conto as solas dos pés daqueles que dormem de lado. Revejo as rugas, releio suas impressões. Repasso as razões de cada homicídio e volto a mim mesmo. A *ele*. Às águas. Ao choro. Ao meu mistério. Não sei quem começou os boatos sobre a glândula conceitual. Nunca tive costume de dar início à discussão sobre casos antigos. Porém, este é um lugar que guarda muitos segredos. E não me admiro se houver um cofre esquecido em algum canto com documentos sensíveis ou burocracias alojadas junto ao bolor de algum jaleco velho. As entranhas do Instituto não foram de todo modo reviradas. Porém, elas insinuam-se. Eis que em certa feita descobri a compra e venda de narcóticos do almoxarifado através de uma carta que encontrei atrás do vaso. A missiva em questão dirigia-se ao diretor do setor para dar caso da possível demissão das duas partes envolvidas. Por motivos como esse, julgo que alguém um dia tropeçou sem querer com as tratativas da minha demissão. Devo dizer. Minha disposição ao óbvio é temperamental. Às vezes creio que foi meu amigo, ele mesmo, quem encontrou algo sobre mim, e guarda este segredo com toda a força que ainda tem. Ele vai saber mais cedo ou mais tarde. Seus olhos olham eu olhando ele me olhando olhando ele. Mas não é tão fascinante quanto soa. Estou pronto.

— Ok. Você quer saber. ¿O que você já sabe?

— As coisas correm, se espraiam, você entende. Sei que o caso da glândula conceitual foi importante para você. Mas não sei por quê. Conte-me. Faça-me este favor.

— É difícil explicar. Você não conheceu um momento de antes do agora. Não teve a experiência de ser encaixotado numa vida padrão. De expectativas burguesas. De frieza consciente. Mas você já teve a sensação de estar sendo observado por olhos mortos. ¿Entende? Tudo isso teve a ver com arrogância. E, como tudo, com rancor. ¿Quem podia viver sem ambos? Dos cuidados médicos aos relacionamentos extraconjugais, havia no meu dia-a-dia uma atmosfera de relativa paz, tranquilidade, porque o ranço dita a ordem das coisas. E ordem, independente de qualquer moralidade, acalma e dociliza. Mas mentes mimadas não superam a passividade. Trágico. Porque quando um contraditório se apresenta, se busca refúgio. Eu pergunto. ¿É no trauma que nos fazemos? ¿Ou no que fazemos do trauma? Posso dizer que nunca tive estranheza para com a vida até o momento em que vi aquele corpúsculo de forma abjeta sobre a mesa de operação. Foi o caso em que tive, pela primeira vez, de tomar licença após a última etapa.

— Depois da transição do paciente então.
— Exato.
— ¿O que houve?
— Foi o caso errado na hora errada. Coube a mim a responsabilidade. Some um princípio de burnout com desavenças interpessoais. Conversas por baixo dos panos. Era só uma questão de tempo até algo pior acontecer. ¿O que houve? Eu não segui com o protocolo. Nunca se deve inserir-se no contexto do paciente, sob hipótese alguma. O afastamento do clínico ontológico é uma peça fundamental no êxito da mudança. Se você se detém muito próximo, você pode se apegar ao paciente. Ou o contrário. E isso não é desejável.
— ¿Você se aproximou demais, então?
— Sim. Mas não foi minha intenção. Era para ser só mais um caso, só mais um paciente.
— ¿O que deu errado?
— Eu me distraí. Andava avoado, digamos assim. Coisas fora do trabalho. Quer dizer, coisas... Coisas. Mas não houve nada de errado com a transição. O problema foi comigo. Eu prestei atenção. Me distraí com a prática e por isso prestei atenção. O que eu deveria ter feito é ter seguido o Manual.

— Os princípios da Ontologia Clínica.

— "Não se envolver. Não deixar a vida do paciente imiscuir-se com a sua. A transição não lhe diz respeito além das paredes do Instituto." Assim fosse, tudo seria melhor.

— Deixe-me adivinhar, Doutor. Você escutou o que a glândula conceitual concebia.

— Sim. Eu escutei.

— ¿O que ela dizia?

— Havia muita coisa sem sentido. Palavras soltas, perguntas sem nexo. Koans. Ora e outra era tida por bicho divinatório. Sua família, inclusive, elaborara um espaço numa saleta desocupada da casa para servir de morada e templo.

— Como um profeta...

— Algo assim. Saiu nos jornais da época. *"Glândula conceitual vira atração no bairro ao predizer futuro"* Por mais de um mês as pessoas formaram fila na frente da casa para ver a criatura e ouvir suas palavras. As pessoas saíam maravilhadas. Achavam que tudo dizia respeito sobre as suas vidas. Não houve quem não depositasse fé no corpúsculo.

— ¿Você acha que a transição deu errado?

— ¿Errado? Não.

— ¿Você tem certeza?

— Não há o que discutir. A glândula é a glândula. Ela sabe o que queria. Deviu sua própria vontade. Tornou-se sua idealização. Somos nós que não soubemos acompanhar sua transcendência.

— Mas você mesmo falou que ela dizia coisas sem nexo, Doutor.

— Não, não foi isso...

— Porque se fosse o caso, ¿o que seria do Instituto e das outras transições, não é mesmo? ¿Quantos outros casos haveriam de ser revistos? ¿Quantos pacientes haveriam de ser chamados de volta? Talvez todos aqueles protestos éticos não fossem tão irrisórios assim. Eu era pequeno, mas lembro bem. Meu pai me levava a eles.

— Eu não vou repetir. A transição nunca falhou. Nunca.
— Bom, se você diz...

Era eu salpicado de sarcasmo, alvo de ceticismos, incompreendido. Ao calor do corredor, jazíamos em julgamentos sobre o outro. Nervosismo de ambos os lados, mas em naturezas diferentes. Crítica das faces: ele condensa um ar venenoso; eu porto máscara. Há muito penso em levar estas minúcias a um estudo mais aprofundado. A fronte guarda os melhores músculos do corpo humano. São os únicos músculos que falam. Não porque exercem uma pressão sobre os olhos do dono, mas porque sua obliquidade desenterra recalques naquele que observa. Age sem ato. Toca sem tato.

— Muito ouvi falarem sobre isso. De que a transição não funciona. Confie em mim. Ela é real.
— ¿O que a glândula conceitual disse a você, Doutor?
— A glândula... Ela... Ela disse... "Teu fim é o ciúme. O ciúme é a tua gangorra. A gangorra é o teu gozo. O gozo é o teu não. O não é a morte do teu amor."

Cautela. Seus poros abriam-se. Transpirava das entradas na cabeça. Seu roupão grudava. Suor... Embicava com a entrada e saída em meditações, transando com a formação das frases na sua cabeça. Ia e vinha. Cautela. O intuito heurístico o levava outra vez a rabiscar matrizes no ar com o dedo. A memória muscular forçara seus olhos para cima, provocando atrito entre o branco e as pálpebras. Cautela. Apropriou-se do chão outra vez e chegou à conclusão dos cálculos. Porém, antes mesmo de abrir a boca eu já soube o que diria. Ele encaixara a última peça do seu quebra-cabeça. Via a mim. Formara a minha imagem. Tinha-me por inteiro nos pensamentos.

— Você matou seu amor, ¿não foi isso?

Os nervos reagiram. Bateram contra os joelhos e me jogaram para o alto, de pé. Meu amigo também se levantara e procurava me acalmar. Busquei me afastar. A parede nas mãos, os pés no chão, as velas ao rodapé.

— ¿As escadas estão aonde? Quero ficar sozinho, longe. Não me leve de volta. Eu sei o caminho.

— Doutor, me desculpe. Eu falei sem pensar. Por favor, volte. Vamos continuar o que viemos fazer. Vamos ver onde essa trilha leva.

Estaquei. Quis acreditar que não havia suavidade em sua voz. Tentei me enganar para tirar fôlego da cólera. Porém, um fogo falso não queima. Os pés bem sabem. Me pararam. Os pés não queriam briga.

— Não quero que você diga isso a ninguém.

— Pode deixar, Doutor. Não vou.

Me abraçou, o que também não recomendo em público, mas considerando que éramos apenas nós dois, não me importei com a minha própria recomendação e aceitei de bom grado. Compartilhamos do momento em silêncio. As calorias iam e o corredor se afunilava. Perdíamos peso e aumentávamos em gravidade. Ficamos a escutar os ventos correrem: os peruanos e suas canções em algum canto, um e outro cochicho, sussurro, choro e gemido em todos os graus de entonação do pós-mundo. Joelhos inclinados, prontos para o movimento, aos poucos se alisam e se retificam. As colunas se erguem. Por fim, a espinha dorsal lembra do movimento evolutivo. Eu estava prestes a me acostumar quando senti os olhos de alguém me destacando do Real. À entrada, nada. Ao outro lado, um ser cerzia complexos, fomentava dissabores e encarava o nosso abismo. O Puto Vingativo nos malograva. Sua silhueta exclamava. A inveja cindiu o laço e nossos corpos apodreceram mais um pouco. Nos separou sem dizer uma palavra. Meu amigo se virou e escutei seus dentes rangerem.

Do fundo do corredor, o pé por pé ecoava uma proximidade que não desejávamos. A silhueta crescia, nos diminuindo. O turvo ia embora, trazendo a definição do grotesco. Naquela alma sebosa, habita o pus. Nojento. Todos sabem. Na frieza habitual, desencantou-nos em coisa. Passou por nós sem um ai. Nem se deu ao trabalho de nos enxergar. Mas algo o corrompia. Seu caminhar era incondizente. Não vi soberba. E quando cruzou a grande porta dupla verde parou como se tivesse esquecido algo. Ficou alguns momentos em pensamentos solitários antes de ir embora.

— ¿O que foi isso?
— ¿O que foi isso...?
— ¿Por que não falou nada? ¿Você disse alguma coisa a ele?
— Eu não.
— Estranho. ¿Faz o que por aqui?
— Seja o que for, ele veio de lá.

Uma porta esburacada nos impedia de ver mais além, mas seu hálito convidava. Meu amigo se colocara em posição para abrir a porta. Me olhava esperando uma ordem. Deferi e caímos noutro patamar. Nossos tímpanos foram esfregados com força por dedos invisíveis. Perdemos o sentido de direção. De todos os lados, eu escutava a mesma frase: "Imagens raras são ilusões da nostalgia vindoura." Uma guerra de palavras repetidas. Não consegui divisar muita coisa no escuro. Vi o que pareciam ser pílulas espalhadas no chão de cimento e um vulto pitando sob uma tenda. Estímulos sonoros: frêmitos agitados, respirações e chacoalhadas. Demorei, mas entendi. À parca luz, um corpo dançante. ¿De homem ou mulher? Gestualizava frases eróticas. À iteração de sombra ante sombra, aos meus pés e cotovelos, dentre alcovas, muco, sibilos: os masturbadores, fiéis com sua tarefa: análises sob esquadrinhamento: as voltas da virilha, as insinuações do esqueleto sadio, a repartição no bico da teta: quais cores, quais mãos por aí passaram, ¿houve amor? Passo, lamento, passo, gozo, passo, choro, passo, uivo, passo. Um pé me faz tropeçar. Espasmo tardio de contração da memória involuntária. Pensava em alguma imagem ideal, uma pessoa irrealizável, aposto.

Salas e salas. As mesmas índoles se manifestavam: o gozo e o triste. As cenas que cortavam um ambiente de outro foram tão fortes no primeiro momento que nem percebi a relva no chão, crescendo à medida que o labirinto se esticava. Meu amigo, desaparecido. Não tive forças para gritar, pois as frases repetidas à exaustão me sugavam toda a energia. Imagens raras são ilusões da nostalgia vindoura. Devagar, tateei. Me pus de pé. As frases continuavam, mas assim como vieram, foram. Livre para escolher uma direção, segui para o lado mais claro. O chão de relva coçava os pés e as canelas. Não raro se fazia presente alguém lendo de um pano rosa na frente de uma vela ao chão. Lágrimas corriam dos leitores. Outros suavam. Avizinhei-me do mais próximo para saber onde eu poderia pegar um pano daqueles. Me deu a direção com o dedo, para longe de si, sem tirar os olhos das letras. Segui até encontrar um pequeno séquito formando uma fila no lado de fora de uma sala pequena, um escritório. Estavam ajoelhados, esperando. Não conversavam nem meditavam. A simples espera os determinava. Passei por eles, mas se surpreenderam com a minha caminhada. As vozes se somaram uma de cada vez para montarem a afronta contra mim. Ergueram uma barreira de corpos ávidos e tonalidades rotas. Não me deixaram passar. A baderna chamou atenção de quem quer que estivesse dentro da sala. Veio aos berros.

— ¡Proles da impaciência! Aquietem-se. Tomem nota: o tempo se acelera sozinho. Não por conta alheia a ele. Quando estiver pronto, estará pronto. Que mania.

Sua fronte espraiva-se contra o cenário. Nunca o vi. Nunca o escutei antes. Demônios. Ouvir a voz de alguém pela primeira vez ainda é um evento dos mais agravantes a qualquer um de nós. O coração pula e se perde no eixo. Tudo pela nova logística de um viver junto e viver isolado. A vida forçada de cenobitismo é das piores. Ninguém nunca se acostumou. É uma daquelas coisas que está no ar. Depois de um tempo, a atenção mingua. Quando respirado, se perde o fio da história. Se perdem os porquês. Ninguém mais se lembra de como era o cheiro e o gosto do atrito do ambiente de antes. E por covardia ao regresso, continua-se no mesmo. Dá-se corda ao mal-estar. Corda essa que estamos desde o início do pós-mundo enrolando em nossos pescoços.

— Ei, ¿quem é você? — perguntei.

— ¿Quem sou eu? ¿Quem é você?

— O Doutor.

— Isso significa alguma coisa para você, tenho certeza. ¿E eu com isso?

— Estou procurando meu amigo. Não sei onde ele está.

— ¿Você já pensou em fazer novos amigos? ¿Por que não esquece os antigos? ¿O que você tem a perder?

— ¿O quê? Não...

— Doutor, você é novo por aqui, ¿não? Estou sentindo.

— Estou perdido. Não sei como vim parar aqui.

— Aqui não é lugar de perdição. Ninguém se perde aqui. Aqui é lugar de encontro.

— ¿Encontro? ¿Encontro com o quê?

— Não com um *quê*. Com um *quem*.

— ¿Quem?

Estranhou a minha cara.

— ¿Como é o seu nome? — perguntei.

— Bem... se você é O Doutor... eu sou O Pornólogo.

— Pornólogo... Nunca ouvi falar de você.

— Você não se aventura aqui embaixo, ¿não é? ¿Você mora onde? ¿Com quem?

— Eu durmo com os assassinos.

— Ah, os assassinos... ¡CALEM-SE! — berrou ao séquito ainda em prantos e emudeceram.

— ¿Há quanto tempo você mora aqui?

— ¿Vocês ainda contam o tempo?

— Alguns de nós, sim. ¿E o que você faz, exatamente?

— Eu pornologo.

— Sei...

— Venha ver. Não é sempre que alguém de cima vem nos visitar. Mas, acredite se quiser, esta noite mesmo outra pessoa passou por aqui, lá de cima.

— ¿Mesmo?

— De fato. Às vezes alguém resolve dar uma passada e ver como estão as coisas aqui embaixo. Entre.

O Pornólogo me deu licença ao seu escritório e puxou uma cadeira para mim, à frente de sua mesinha. Procurou na saleta adjacente algo que pudesse servir de assento.

— Eu sempre fico sem palavras quando alguém de fora vem nos visitar. Até parece que vocês têm medo da gente.

— É o caso. Mas não de vocês. Eu não gosto de sair do pavilhão e cruzar pelo corredor. ¿Você conhece os sobreviventes de drones? Eles dão medo.

— Já ouvi falar deles.

Do outro lado da sala havia um armário com grandes caixas cheias de panos rosa. O Pornólogo chacoalhava uma caixa em específico com a mão dentro dela, procurando algo.

— ¿O que você tem aí?

— Ah, ¿isso? Um achado. Não sei a procedência.

— ¿É você quem escreve nos panos?

Silêncio. Não se mexia. Virou devagar para mim. Me encarava do outro lado da sala.

— Eu pensei que você disse que nunca esteve aqui.
— É verdade.
— ¿Então como você já viu um desses antes?
— Oh, eu... vi por aí...
— ¿Aí onde?
— Tinha um no corredor da Ala de Transição.
— ¡No corredor da Ala de Transição, diz ele! Esses panos não podem sair do subsolo.
— Eu não sabia disso... Talvez...
— ¡Talvez alguém pegou! ¡FILHOTES! — gritou para si mesmo.

Não demorei para deduzir que provavelmente meu amigo furtara os panos. Mas não tive coragem de revelar tal pensamento. Fiquei quieto. O Pornólogo andava de um lado para o outro, entristecido e puto.

— Eu não acredito. Não acredito. ¿O que era? O texto que você encontrou.
— ¿Qual deles?
— ¿Qual deles? ¿Você quer dizer que teve mais de um que saiu daqui?

Ele revirava os panos de dentro de uma das caixas e me olhava com raiva volta e meia.

— Bem... Tinha um sobre um tal de Cássio. E o outro era um estranho poema.
— Sim, Cássio... Eu comecei este hoje mesmo. Não está aqui, em nenhum lugar. O furtaram. Mas o outro... ¿Um poema? Poema... Não. Aquilo não era um poema. Você deve estar se referindo à conjuração.
— ¿Uma conjuração? ¿O quê?
— Quinga Tós.
— ¿O que é isso?
— Não um *quê*. Um *quem*.
— ¿Quem é Quinga Tós?

— ¿Quem é Quinga Tós? ¿Você quer vê-lo?

Encontrava-se felicíssimo diante da possibilidade de me apresentar a Quinga Tós. Ao pronunciar o nome, esqueceu-se do furto e não pareceu preocupado com a perda do manuscrito. Levantou e estendeu a mão a mim. Não ficamos nem um minuto sentados e já andávamos a passos largos pelos labirintos daquele lugar. À medida que nos embrenhávamos na penumbra, a relva no chão subia e coçava meus joelhos e coxas. Senti dúvida no caminhar do Pornólogo. Tive a impressão de cruzarmos a mesma passarela mais de uma vez. No entanto, sua feição era de completa entrega ao caminho. Talvez o duplo traçado fosse condição de chegada ao destino. Assim supus. Mas supus errado, pois a rota duplicada era para despistar possíveis seguidores, como veio a me explicar depois. Para onde íamos, só a mando de convite.

O labirinto era dois. O geográfico e o psicológico. Ele me conduzia por aquele enquanto eu mapeava este. Não pude me orientar. O afanar de pernas me comia as forças. Eu tremia. Era muito exercício em pouco tempo e considerando as horas avançadas da noite já não podia mais respirar direito. Estranhei que O Pornólogo mantivesse o ritmo tão acelerado por tanto tempo, quase correndo, na direção que sabia de cor. Com muito esforço contive um princípio de sorriso, em alívio por termos chegado. À porta, ficou tentando abrir a fechadura com uma chave improvisada. Depois de um tempo, teve sucesso e entramos num quarto à meia luz. O bafo que eu senti me atordoou. Se eu tivesse de adivinhar, diria que todo o calor do subsolo vinha daqui, dessa sala em específico, mas não vi nada. O Pornólogo não dizia palavra nenhuma. Apenas me observava estudando a sala vazia.

— ¿E agora?

— Agora nós dizemos "*Olá*".

— ¿Olá? ¿Assim?

Nada.

— ¿Ele é invisível?

Não se segurou. Riu da minha cara e avermelhou-se, o que me surpreendeu. Quase acreditei que nada mais fazia sentido, pois ¿como pode alguém se entregar tão abertamente ao riso daquele jeito?, sem medo de represálias... Segurou as tripas com força. Parecia prestes a explodir. Se recompôs e me mostrou o dedo. O indicador. Ele apontava para cima. Olhei. Olhei e não acreditei.

— Mas... é um... ¿é um cu gigante?

— É.

— ¿E o que faz no teto?

— Essa pergunta é irrelevante.

— ¿Esse é Quinga Tós?

— De fato. Quinga Tós é o olho do cu, na verdade. Não sei como veio parar aqui. Só aparece quando conjurado, nessa sala.

— Minha nossa. ¿E esse calor todo é daí?

— Sim.

— Você disse que é o olho. ¿Ele está nos vendo agora?

— Sim, ele está.

— ¿Mas como você sabe?

— Eu apenas sinto a sua presença.

— ¿Você sente a presença do olho do cu?

— Sim, eu sinto. O sinto me olhando, me lendo.

— Lendo... ¿É para ele que você escreve?

— Você é bom, Doutor. Sim.

— Mas... ¿por quê?

— ¿Você vê este cu? Filosofias saem daí. E entram também. O olho tem prazer em fazer parte deste processo.

— Eu nem sei o que dizer.

— Não diga nada. Não conte a ninguém. Eu sabia que você estava prestes a vir.

— ¿Quinga Tós lhe disse isso?

— Sim. Eu senti que sim. Mas isso não importa. Eu precisava mostrá-lo a você por alguma razão... E aqui está. ¿Como você se sente?

— ¿Como eu me sinto...? Sem palavras, para começar. Eu... não imaginava encontrar algo assim aqui embaixo. Me diga. ¿Você consegue se comunicar com Quinga Tós?

— Não do jeito que você está pensando. É de um jeito um tanto quanto telepático. Eu entendo e ele me entende. E ele gosta das coisas que eu escrevo. Faz eu me sentir útil e acreditando em um propósito maior.

— Entendo.

O Pornólogo olhava para o cu. Prestava atenção em algo. ¿Estaria se comunicando? Meneava a cabeça como que concordando com algo, mas não escutei nada. Nem uma palavra. Na verdade, estava tudo muito calmo e silencioso. O calor da sala me acalentava, me embalava em plena paz de espírito, me punha em um estado de sono. Não quis falar nada com medo de quebrar o encanto. Mas o medo não veio. E em seu lugar, me subiu às costas uma letargia. Uma modorra se encrespou nas minhas panturrilhas, forçando peso ao chão. Eu queria me deitar ali mesmo, no chão epitelial, junto à relva. ¿Será que O Pornólogo se importaria? Não consegui deixar a razão me tomar as rédeas. Quando percebi, já estava a meio caminho do piso, tateando o melhor lugar para deitar e dormir. As córneas funcionavam, mas a memória ficou esburacada. Vi minhas pernas esparramadas. Vi O Pornólogo saindo da sala. Olhei o cu no teto e dei adeus a ele. Algum momento depois, O Pornólogo voltou com um travesseiro em mãos. O colocou sob a minha cabeça e disse para eu trancar a sala quando acordasse e colocasse a chave improvisada numa pedra falsa, do lado de fora. Apaguei.

Análise do corpo: entregue. Suspenso por uma mão e tranquilizado por outra. Levitando. Sem dor nem prazer, fui à ausência dos sentimentos, trilhando o caminho até os sonhos, a mim mesmo em outro tempo. A memória recompôs a mim mesmo sentado no gramado da universidade num dia de tarde à sombra de uma árvore com meus rascunhos da época se misturando sem categorias pelo fluxo das quase-imagens: "A falta de tato com o passado não é condição afetiva para jazer no vale do esquecimento. Torpe é aquele que se distancia. Se se afasta, morrem as pernas. Se se aproxima, morrem os olhos. Os momentos em fluxo, em pêndulo pelo balançar do dia-e-noite, cabem no olho que enxerga a quina da esquina e não vê a morte que corrói o próprio olho. No fundo, todas as pessoas detêm as chaves da máquina de destruição porque pessoas são incompletas e inteiramente infinitas. Uma vez que a palavra é arranhada, seu sentido vaza pelas beiras." O re-escutar dessas palavras me trouxe à tona do torpor. Era o reencontro de mim. ¿Mas por quê? ¿Por que agora? Não pude pensar muito mais, pois um movimento acontecia adiante e me incomodava porque nada se definia. Aumentava e diminuía. Se afastava e se ajuntava de mim. Era quente e frio. Mas aos poucos foi se apaziguando dentro do sonho, se acomodando e se fazendo em Ser, me trazendo consigo sentimentos duvidosos. De formas erráticas, uma nova substância surgia. Nutria-se pela minha inconstância. Uma não-forma humana. Lutava para sair do lodo daquelas palavras que hoje me causam certo estremecimento, visto que nunca revisitei minha voz da juventude antes. Mas lá estava o Ser, erguendo-se, apoiando-se nas minhas frases. Venha. Saia daí. Aqui está mais confortável. Dei lugar à forma para sentar-se do meu lado e sentou-se. Era agora quase distinto. Porém, uma nuvem vagava em seu rosto, me escondendo a identidade do corpo. E, no entanto, eu sabia quem era. Por causa disso, as tensões se dissiparam e pude respirar. Pude respirar o ar de antes do pós-mundo. Pude relembrar como era o cheiro *dele*. E do seu abraço. Era *ele*. Depois de tanto tempo, *ele*. Mas algo não estava certo. Chorava de forma copiosa. Entrara em angústia por estar perto de mim. Se levantou para ir embora, mas o detive agarrando-lhe o pé. Se desfez e voltou ao lodo, desfazendo-se pelo caminho. Agora, quem chorava era eu. E as lágrimas se transformaram em rio, me conduzindo pela água até o lodo. Sem luta, me deixei ir. E entrei.

Abri os olhos. A culpa me pesava como se fosse pela primeira vez. Me renovei. Outro eu. Esperei o corpo se apossar do sangue dos vivos enquanto trocava o sangue dos sonhos. A relva tinha sumido. O cu também. Saí da sala, e tentei trancar a porta, mas tive dificuldade por causa das mãos. Depois de algumas tentativas, desisti, deixei a porta fechada apenas. Escondi a chave improvisada numa pedra falsa do lado de fora e voltei até encontrar o escritório do Pornólogo. Eu memorizara o caminho. ¿Como? À frente do escritório, o séquito o protegia. Me pararam. Me disseram que O Pornólogo escrevia. Logo, não pude vê-lo. Tantas perguntas... Deixei-os e segui para a escada. Não havia mais ninguém em prazeres e dores, entre o gozo e a tristeza. Todos desapareceram. Encontrei a escada e cruzei o corredor. Atravessei o complexo e subi de volta ao nosso andar. Passei pelos sobreviventes de drones e entrei no pavilhão. Já era dia, mas estava nublado. Não consegui dizer que horas eram. Ninguém pareceu se importar com a minha ausência. Subi à janela para ver o jardim e lá estava ele, O Obcecado, meu amigo, junto ao muro. Desci e fui até ele, com tamanha euforia que tropecei várias vezes no caminho.

— Meu amigo, você não vai acreditar...
— Não. *Você* não vai acreditar.
— ¿O que foi?
— Nos marcaram.

— ¿O que você está dizendo?
— Olhe ao seu redor.

O jardim se dividia da mesma forma de sempre. Nada fora do normal.

— Eu não vejo nada de diferente.
— Eles nos marcaram. Somos invisíveis agora. Foi ele, O Puto Vingativo.

Agora eu o entendia. Mas demorei a aceitar. Estávamos marcados. Estávamos a sós. Sozinhos. Ninguém nos notaria. E, de fato, ninguém nos olhou pelo restante do dia. Ficamos nós dois a esperar pela noite. Com as costas contra o muro, olhei o jardim. Olhei até gravar os detalhes. Mas não era preciso. Eu já o conhecia. O Obcecado não disse muito. Por causa das nossas andanças de ontem resolveu dormir e descansar um pouco. Quanto mais o sol baixava, mais o desespero se instalava. Pensando sozinho cheguei à conclusão que todos os que estiveram na mesma posição chegaram. Era hora de ir. Decidi contar o plano ao meu amigo. E como quis que ele não acordasse. ¿E se eu o deixasse? Não. Ele não faria isso comigo. ¿Com o que sonhava? Mexia os pés volta e meia. ¿Ia a algum lugar? ¿Já se acostumava à nova vida? Balbuciava frases. Escutei apenas a palavra *cigano* sair de sua boca. Que seja um sonho bom. Talvez seja o último.

A sombra do muro teria andado de um lado a outro dentro do jardim, se houvesse sol. Era quase hora. Meu amigo já estava acordado. Porém, não falava. Não era mais o mesmo. Não me olhava direito. Talvez até me culpasse um pouco. Quis contar a ele meu plano e nada da coragem. Esperamos. Ensaiamos alguns círculos dentro do jardim. Visitamos a Igreja. Passamos o resto do dia na biblioteca. Aos poucos as velas eram acesas mais uma vez. Sabíamos que havia chegado a hora. De frente para o outro, como numa brincadeira para saber quem tem mais coragem, nos desafiávamos para ver quem levantaria primeiro, mesmo se fosse contra nossa vontade. Era hora. Sua mão não desgrudou do braço da cadeira. O agarrava firme. Não levantaria primeiro. Sei que não. Eu poderia me demorar. Ele não levantaria antes de mim. E no entanto, não foi assim que aconteceu. Estava de pé. Não me esperou. Marchou para fora da biblioteca sem se despedir de mim. O choque da atitude me deixou sem reação por alguns segundos. Corri e o encontrei atravessando o portão. Estávamos agora do lado de fora. Seguíamos para o horizonte. Dei muitos passos de costas, olhando o Instituto pela última vez, com lágrimas nos olhos. Ia embora outra vez. Para outra vida.

Quando o dia estava para nascer, já havíamos chegado ao pé de uma montanha. Ela nos protegeria do sol e calor por algumas horas. Descobrimos uma caverna e um córrego. Meu amigo bebeu da água. Eu não tive coragem por medo de alguma radiação. Ele ainda não falara comigo em todo esse tempo. Pensei melhor esperar mais um pouco. Deitei na sombra da caverna para descansar e meu amigo fez o mesmo. Porém, só um de nós acordou. O enterrei dentro da montanha e esperei a noite. Quando ela veio, continuei a caminhar.

Barriga de máquina

(12.117.633 deformações radioativas documentadas depois
da Grande Bomba)

Primeira púrpura.

    Clique-claque. Clangor, bala vai. Eram-se os grilos — já não são mais. Aguente-se, Formiga. Está tudo bem. Nem nada nem ninguém na linha das vista pra ver nós dois aqui com medo. Passa ano e mais uns tiro, nem vamos escutar nada. Olha como ela sobe, Formiga. Em *p·a·r·á·b·o·l·a* E outro *pmmmff* lá em cima. Clique-claque. Range, cartucho sai.

    — Hoje eu acordei com medo, Formiga, de sobressalto. A faca me incomodou mais do que o de sempre. Por um segundo eu imaginei que não tinha mais terra e não havia onde colocar os pé. E se for o fim mesmo? E se não houver mais onde colocar os pé? Eu é que não vou ficar vagando no espaço.

    Sossego da manhã são só injúrias. Acalento fraudulento esse de Gregório achar que aqui é só paz. Nunca nem vi. As linha que fogem pra todos os lado só mostra que tem muitos lado pra se fugir. É medo? É. Mas medo grande? Não. Medo grande é ser testemunha do fim. Não ver mais Catarina. Não falar com Gregório. Não discutir com Bituca. Não andar com você. Eu não quero isso, Formiga.

    — De volta, amigo. De volta para a senda.

    Do meio do caminho entre a gigante máquina ereta e a fazenda, remoendo uma nova ansiedade, o pestanejo de sempre — fruto da espacidão. Eu juro, Formiga. Um dia ainda meto a faca em Ambaló. Em Ambaló e Aristides. Quero ver esses dois em agonia, sofrendo pra viver, sacolejando a bunda só pra tentar ficar vivo. Todo dia de usar o canhão um deles vem e me acorda espetando a faca na costela, Formiga. Um dia eles vão espetar de verdade. Eles gostam. Eu sei. Nesse fim do mundo faço de tudo pra abreviar a estadia daqueles dois.

Não pense que sou vingativo, Formiga, mas certas coisas merecem um fim. Em alguns momentos o ódio é quem mostra o caminho — não sei se o melhor, mas o mais de imediato. O segredo é saber se o ódio te empurra pra cima ou pra baixo. O ódio que empurra pra baixo nos faz não ver o porquê ele acontece ou de onde ele vem. O ódio que empurra pra cima nos mostra sua parábola e sua razão de ser. Como quando acontece alguma coisa lá na mansão e a gente sobe nos cavalo pra tentar ver melhor. É importante saber disso, Formiga. Ainda sou convicto de que se todos tivessem um pouco do que plantamos nada nem ninguém estaria passando por isso. Ódio pra cima! O que explica essa crueldade, Formiga? É bucho vazio — na comida tudo se resolve.

Burro de mim, não sou nada nessa terra — eis senão os meus problema. Nem meio trote abaixo, a vista espaireceu. É a coisa. Sente, Formiga? Aragem rala. Ressopro fustigo às entrada da camisa. Pane do céu, assim do nada. Veio e parou na contramão... é o vento quando traz lembrança e culpa até a gente — é Silvia de novo. Dura, de corpo azedo: drogas. Elas mudam o cheiro e a pessoa. Eu quero que esse vento, que me fez o desfavor, leve essa lembrança pra bem longe. Tão longe que não volte mais. Tão longe pra onde não exista pessoa. Que é uma comunidade, Formiga? Somos esses corpos, aqui. Que carregam de mão em mão aquilo que nos é dado. Por que alguns se preocupam e outros não? A gente já divide o mesmo espaço. Custa dividir a mesma dor? Às vez, Formiga, eu penso se não seria melhor Gregório ter me deixado ir pra Bolívia. Adentro o chaco dia ou noite, tanto faz. Não tem como morrer num lugar que já está morto. Em outro mundo eu nunca conheci Silvia. Em outro mundo não há fantasmas. Só quero meu vento de volta pra acabar com o silêncio.

Segunda púrpura.

Enjoo de fome. Enjoado do de sempre, mal de mim mesmo — que pensamento que bate-e-bate consigo é ruim. Volta às voltas no mesmo lugar até tontear. Infalível. Como um redemoinho, o pensamento que bate-e-bate se agarra ao que vem e não deixa ir. O que fazer, então, Formiga? Pensar menos? Não pensar? Aí as água só empurram o que vem e tudo segue o seu caminho. Mas eu já vi esse rio, Formiga. E ele caiu em pequenidão. Nervo na cabeça é como fibra na perna quando doído de desuso. Nem se entrevê a maldade. É acordo do trato de paz.

Eu sinto o olho do diabo, Formiga. Do alto daquela casa, me cuidando, me arquitetando os futuro. Mas o diabo não tem ódio, ele tem medo e é violento por causa da ignorância. E é por isso que o diabo não pode entender as coisa. Ele planeja e arquiteta porque não entende e não sabe. Não tem nem como ver que aqui na fronteira a selvageria não segue bem como ele quer. Sempre surge, vez que outra, aqui ou lá, uma mina de surpresas, esperando pra ser encontrada e sempre há aquele ou aquela que nasceu pra explorar. Isso aconteceu não muito longe daqui. Um pedacinho de tempo não-pensado brotou em Potosí — Gregório me disse, mas é pra não ficar falando. Lá, só quem tem ódio é quem sabe das coisa.

Um dia, na beira do rio, eu entendi o ódio, Formiga. Eu entendi o bate-e-bate. Não sei se é intenção de Gregório... não entendo os jeito dele. Fato é que dia-vem-dia-vai ele me ensina uma palavra nova. Ele deixa eu escolher uma palavra ao acaso do dicionário do senhor Zenón quando ninguém está olhando. Sempre no caminho do laboratório. E sempre muito rápido. Mas a gente não fica pra ler. Ele guarda a palavra na memória, volta pra ler com calma e depois lê pra mim o que está escrito. Faz uns mês disso. Foi por aí que o redemoinho começou a se formar, Formiga. Aprendendo palavras.

— Foi Gregório quem me disse que cada palavra é como uma estrela. A gente pode jogar elas no espaço em qualquer ordem e, contanto que você se esforce pra enxergar alguma coisa, alguma coisa é vista, alguma forma aparece. Juntar os ponto é achar aquilo que não se revelou de imediato, Formiga. Como naquele dia que Gregório nos mandou pra fazenda do senhor Mathias e no meio do caminho tinha os cupinzeiro. Lembra? E a gente ficou a olhar por um bom tempo, debaixo do sol, sem pressa. A cada olhada era uma coisa. É a gente que se adequa à forma ou o contrário?

Retomando caminho — outro ser. Que inferno. Todo início é marcado por uma surpresa que vem de um ângulo que a gente esquece que tem em nós. Mas não é de outra ordem, Formiga. É só o Zequinha.

— Diga lá.

— É a dona Gris, Horácio. Ela quer que você pegue água.

— Pegar água? Do rio? Tá já quase na lama.

Zequinha, criança égua. Corre pra lá e pra cá. Corre mais rápido do que as palavra consegue alcançar. É por isso que nunca presta atenção. Um dia ainda vai se perder por aí.

— Diz pra ela que eu pego.

— Ó, Catarina mandou te trazer.

— Mas é aí que eu agradeço. Obrigado.

Pão com manteiga e café, a única graça desta fazenda. Mal terminei o pensamento o menino já foi embora, Formiga. Deve estar correndo de si mesmo. Eu é que não corro hoje. Vou comer bem devagar meu pão com manteiga. Ao que tudo indica hoje é bucha, Formiga: o bendito casamento dos doutores. Você está pronto? É coisa de sorrir, de parecer feliz, de parecer que a gente se importa. Por que eles estão casando afinal? Catarina foi a primeira quem me disse do bebê. E daí que os doutores estão casando? O mundo vai ficar melhor? Por que eles querem um bebê? Por que eles querem colocar mais uma criança no mundo? Nesse mundo? Eu não entendo, Formiga. A quentura vai secar todo mundo e não vai nascer mais ninguém. O novo mundo é o mundo da morte. É brabo? Tem esse país, Formiga, os Novos Estados Unidos da América. Gregório me disse que se todas as pessoas do planeta consumissem o que só esse país consome a Terra não aguentaria nem vinte dias. Ela racharia no meio. A ganância, enquanto existirem pessoas, existirá?

Do primeiro sol da manhã, um lembrete — à terra volta. Não esqueço. Não consigo. Eu não quero morrer aqui, Formiga. Eu não quero isso. A única coisa verdadeira pra mim agora no momento é este café. O calor, a caneca de metal, o peso que desce a garganta e o suor que já me sai. Eu gostaria de viver só com este pouco. Eu quero ser alguém que se preocupa com o pouco.

Nos arredor da casa, ninguém ainda. Não gosto de dar a volta pra pegar o balde porque tenho a impressão de que a parede sustenta o mundo inteiro e se eu tirar o balde dali tudo pode ir por água abaixo. Não precisa rir de mim, Formiga. O mundo já faz isso. Vamos pegar um balde d'água de lama.

Calda.

Ao menos tem rio pra encher um balde d'água? Deus serve ainda. Hoje é assim. Senhor Zenón nos fez trazer a chuva e ela torou, piou e caiu. Ele mexe daqui e mexe dali e espera o quê? O que é do Deus, no fim mesmo? Se a gente mexe em tudo, não sobra espaço pra mais nenhuma Criatura. Senhor Zenón não é alguém de estima. E ele lá entende das natureza? Canalha do senhor. É canalha. Arrancar a braúna pra quê? Pra quê? Nunca incomodou, nem fez coisa de abuso nenhum pra ninguém. Só vive pro umbigo esse nosso doutor. Sempre vai ter gente aqui pra cuidar desses doido? Até os pantanal já foi embora e eles ainda por aqui. A única coisa que paira sobre essa fazenda deve ser uma reinvenção da morte, só pode.

Ninguém mais vem ao rio, eu acho. Às vez penso se não é melhor acabar com a coisa toda. Aí ninguém mais vai pisar aqui. E só vai ter caracóis. Caracol pra tudo que é lado. Caracol ao redor da braúna. Caracol em cima do terraço do senhor Zenón. Caracol nadando no rio. Caracol por sobre os pés de Catarina. Caracol debaixo da pedra. Caracol no meio da soja. Caracol pegando sol. Caracol transando. Caracol dentro das bota. Caracol sofrendo de solidão. Caracol comendo ariranha. Mas pensando bem... faz tempo que não aparece caracol na fazenda. É de muita data isso. Será que Gregório deixa eu fazer um caracol? Eu podia perguntar pra ele. Que diferença faz mais um bicho? Não há nada mais humano do que uma grande miséria de mentira. Mas que é que eu sei?

Só há verdade se há história — isso Gregório me falou. É essa a minha verdade. Tem de ser. Já vi esse rio antes e nem sempre foi assim. Antigamente ele corria mais pra lá. Antigamente. E a braúna não era só essa, não. Tinha mais. É especial essa daqui. É a última. E lá se vão quantos anos já? As coisas daqui mudam de lugar e de tamanho como aquilo que eu imagino serem as estações. Gregório também já me falou delas. Ele disse que antes o ano era todo dividido em quatro partes iguais e cada uma sempre respeitava a sua vez. Se as mudanças sabem por si mesmas o seu lugar e o seu tempo isso explica porque eu ainda não saí daqui? Gregório acha que eu tenho uma coisa muito séria com Catarina. Ele tem razão. Só ela me faz sofrer. Sofrer mesmo. Ela anda pra lá e pra cá na casa do senhor Zenón. Ela tem que fazer tudo pra ele. E quanto mais coisa ela faz, menos o tempo passa. É por isso que eu não carrego verdade alguma em mim.

Avião no céu.

É eles — até ao último pedaço. Sobre o pó das braúna não se fareja outra coisa a não ser o cheiro do dinheiro. Talvez seja por isso que o terno no mato é um instrumento de trabalho e não uma peça de roupa. As gravatas que aqui caminham caminham diferente. Elas queimam. Só sabe disso quem viu. E eu sei que as raiz da braúna também sentem os homem do banco. É só ver as formiga. Elas disparam buscando abrigo num lugar mais seguro. A tremedeira diante da morte não é só dos bicho. A braúna também sabe que deve fugir. Fugir pra bem longe. Se ela é tão esperta, ela deveria pular dentro do rio e fincar raiz só lá na Bolívia. Não há mundo de verdade se árvore tem medo. Ela entende — evolução retrógrada.

Casca.

É uma pena. Eu ainda nem tinha pêlos quando a plantei. Catarina já cuidava de mim naquela época. A planta é uma totalidade que não dispensa o tempo — ao contrário de nós, bichos do não. Bichinhos, bichinhos, bichinhos. Sempre bichinhos, sempre maquinando. Os homem do banco nem sabem, nem têm ideia do que é o tempo. Os homem do banco são recusadores: não ao nada. O negócio é a causa do fim. Aquele, que do alto do céu, visa o espaço da soja, é fruto e vergonha do mesmo útero. É um filho sem mãe. Ele abusa da terra como abusa do ventre. m·a·t·e·r·n·i·d·a·d·e Eles nunca tocaram em uma braúna. Nunca puseram um dedo em algo que não foi limpo antes. Eles também não carregam verdade alguma porque não dão tempo a si mesmos. Eles não têm história.

Formiga, você não presta. Sempre sabe quando Bituca vem vindo. No primeiro descompasso do trote, já busco além. E sempre vejo. Ele se mexe como fantasma no campo, nos iludindo atrás da fumaça. Além do fumo, traz dois balde também. Eu avisei que a água já não tava boa, tá quase no barro agora. Bituca nunca se contenta com as minhas explicações. Nunca me escutou. Nunca se interessou em saber se eu já quis ir embora. Bituca podia morrer. Quem ia sentir falta dele? O senhor Zenón que não ia. Gregório não ia. Catarina muito menos. Nem seu próprio cavalo ia — a coisa mais importante pra Fumaça é a sombra do armazém. E não há cavalo que tire a sombra do armazém de Fumaça.

Olho miúdo.

A orelha é de criança também, mas é o olho decrescente que o impede de ver dois passo à frente. Por isso ele não pensa muito no futuro. Devia ser o segundo fumo do dia. Me bateu ao contra-vento o sol da manhã mais a fumaça toda, espessa como o quase-rio e só vi um pretume chegando, montado no Fumaça. Era hora. Fim do meu silêncio.

— É eles, né não?

Bituca fez que sim com um pigarro.

— Olhe, veja. Tá já no lamaçal. Essa água nem pra lavar os cavalo.

— O que fazer ou deixar de fazer com a água não é de dito nosso porque de dito nosso é dizer sim.

— E fazer o que, Bituca? Você vai tomar banho com essa água?

— Dona Gris pediu especificadamente pra mim...

— O quê?

Pito.

— Nos faça um favor. Volte pra casa. Cuide de alguma coisa. Qualquer coisa. Se faça útil, guri. Os homem tão aí e Catarina precisa de ajuda.

— É fácil mandar, não? Vá à merda, Bituca.

Fumaça me olhava. O marcante de Bituca, além do fumo, é a inconveniência de não conseguir manter uma discussão. Ou talvez seja falta de vontade. Imagino que na cidade de Sinop as coisas devam ser diferentes.

— Eu pego a água. — ele mal falou.

É tão surpreendente a falta de pressa com que Bituca desce do cavalo que esqueci de voltar pra casa. Mesmerizei no meio do campo.

— Espera. Vou com você. O barranco tá ruim. É melhor descer de dois.

Mão pra cá e lá porque a terra é fofa, sendo qualquer descuido um xingo depois.

— Bituca, se a gente tivesse mãe a nossa vida seria muito diferente? Se a gente não estivesse nessa situação, eu digo. Não numa fazenda... não aqui pelo menos. Ou talvez aqui, não importa. O lugar não importa. O que importa é ter seguimento. Não sei se você concorda, mas acho que ser filho é ser uma linha. E sinto que agora sou só um ponto.

— Não importa a barriga de onde viemos.

— A barriga faz toda a diferença, Bituca. É o que nos une e nos separa, o que nos faz mais ou menos, o que nos dá ou tira caminhos. A barriga é um testamento.

— De onde você tira essas ideia, guri? É da cabeça do Gregório? Vou mandar a dona Gris te dar mais coisas pra fazer.

Som do rio, córrego.

Foi num sonho azul, quebrada ilusão d'outrora, sibilando simpatias aquáticas e me anuviando as preces de acordar. Melindrando a vontade de não querer escutar a pergunta trazida lá do fundo. Que são essas paragens? *h·i·p·ó·t·e·s·e* O leito é o propósito do morro. Prova de que no fim a terra vira água. Ou volta a ser. Por todos os cantos, acredita-se na força que empurra o ar à matéria. Eu a vi. Entre os pedregulhos e a areia, um arisco besouro — peça real da verdadeira engrenagem, um bicho histórico. Ele sabe onde anda?, aonde vai? Ele sabe do risco que faz na história? O piso macio é um mistério de ordem divina. *Isso* é coisa do Gregório. Mil máquinas nesse mesmo piso não afundam. Isso também é coisa do Gregório. Quem disse que o falso caminha na Terra?, o falso flutua.

São muitos os daqui que não afundam. A verdade, além de história, tem de ter peso — Gregório.

Mais baforada, mais fumaça. Incrível um pulmão quase de verdade. Talvez Bituca não enxergue a si mesmo por causa dos olho pequeno. E não se entenda nem por falso nem por verdadeiro. Um digno ponto flutuante sem rasgo no tempo. O besouro do leito pesa mais do que nós dois juntos. E ainda marca o chão. É duro. O propósito do besouro é sulcar. A terra é o propósito do besouro. E nenhum dos dois sabe disso.

Só que nem todas as falsidades da terra se assemelham a um ponto sem peso. Há o curioso caso de Catarina Nasciaçuna, a empregada mais velha da fazenda do senhor Zenón. Catarina Nasciaçuna: filha de Catarina Gomes Bráulio Paiva Neto de Bezerra: filha de Catarina Sergipana: filha de Catarina Verde-Luz: filha de Catarina Feijó: filha de Catarina Gonzales: filha de Catarina Cristina. Catarina Nasciaçuna sabe. Ela sente uma estranheza. Ela sabia que a árvore toda vai sair da terra. Ela me contou que teve um sonho disso, mas ela disse que seria uma menina. Preferi não dizer a verdade porque ela parecia muito segura disso. Mas fui eu quem injetei tinta nas raiz da árvore por três dias seguidos. Três dias.

Gravetos, galhos e uma serpente.

— Você acha que é uma das nossa?

— Elas não vêm até aqui, vêm? Que eu saiba, Gregório programou para que elas não se aproximassem tanto da casa. Vai ver os circuito queimaram. No que você está pensando? Que ela sem querer caiu no rio lá em cima? Essas coisa são esperta, Bituca. Elas não vêm assim de supetão pra cá tão perto. No máximo, e isso sim é exagero, é do senhor Mathias. Mas o senhor Mathias também sabe que não é pra deixar as cobra dele vir até aqui. Olha, Bituca. A força do lodo jogou ela nas pedra. E parece que ela bateu forte.

— Isso é os fio da coisa?

— É, Bituca.

— Mas serpente não se perde assim à toa.

— Elas só têm que computar um programa: nos achar. Você não acha que é ela quem foi atrás de Baixo Wellington? Faz uns três dias que ele sumiu. Se é que Baixo Wellington foi em direção das montanha, pode ter sido essa a cobra que foi atrás dele.

— Você tem cada ideia, guri.

Cate seu graveto em paz, homem.

— Bituca, por que precisamos pegar essa lama?

— Muita poeira. Os painéis não estão aguentando a refrigeração das barrigas.

— Entendo.

O peste se diverte em gravetar a cobra. Que demoniação.

— Deixe essa coisa em paz, Bituca. Vai te dar choque.

Sê lento assim nas casa das dona, até parece uma imensidão entre nós — êta demorado você.

— Eu odeio esses balde. Por que esses balde tem alça fina, Bituca? Eles são grande, pesado e fundo. Dói os dedo.

— Você tá perguntador hoje, por quê?

— Não sei explicar. Acontece de ser estranho essa manhã... Eu não queria que eles arrancassem a braúna. Eu queria que ela ficasse ali, perto do barranco.

— A gente só faz, não sente.

— E tá certo isso?

— De novo as perguntas. Vamos voltar.

Bituca dois balde, eu dois balde, barranco acima.

Música breve vem a mim — uma pergunta cantada do fundo de um abismo. O meu. O eco a distorce, bate nas pedras, e o espanto se torna incompreensível. *C·o·n·c·l·u·s·ã·o*: abolir o abismo.

— Talvez não seja a braúna. Talvez seja outra coisa, Bituca. Eu sinto... Nada.

Muito pensamento — ponto e ponto. A nuca de Bituca. O besouro de verdade. A amplidão do leito. A braúna. Formiga e Fumaça. A alça fina. Catarina atrás do canhão aquele dia. A fumaça enevoada do segundo fumo. Os homem do banco. A lonjura de tudo. Amplidão é falta de carinho. Se não fosse, seria tudo junto.

Formiga e Fumaça.

As mão dói depois de subir o barranco carregando dois balde cheio. Bituca não parece se importar. Bituca talvez nem se importaria se o avião dos homem do banco caísse no meio das planta. O teco-teco só esquadrinha lá de cima. Precisa saber bem dos detalhe da terra antes de tomar posse o homem. Se for o caso. O que se vê: tons de terra e soja até o fim da vista. Um pouco de verde-mato pros lado da Bolívia, mas bem pra lá, bem bem longe. No resto é terra e soja.

Em marcha, de volta, com suor e lama. A mancha na camisa de Bituca mantinha um ritmo perfeito de subida e descida num vai-e-vem em nada parecido com ele mesmo — Bituca é muito desritmado.

— A gente vai ter de responder aos homem do banco agora?, com o casamento e tudo?, ou a gente só responde ao senhor Zenón?

— Não sei.

— Se a fome tivesse uma cor qual seria, Bituca?

— Isso é pergunta que se faça?

— Não me aguento, Bituca. O que faz a verdade ser verdade?

Nada.

— Por que a gente só tem seis dedos? Quem escolheu isso? Quem decidiu que seria assim?

Nada.

— Gregório me falou que eles têm uma câmara de pressão lá dentro, num quarto especial na mansão. Ela serve pra prolongar a vida. A gente entra nela, deita e respira por um bom tempo. Você acha o senhor Zenón desregrado da cabeça por querer viver mais? Quer dizer, pra quê?

Nada.

— Se você pudesse sair daqui pra onde ia, Bituca?

Nada.

— Esse homem do banco, o noivo, ele vai nos mandar pra outro lugar? A gente vai pra outra fazenda?

— Não sei.

— Você não se importa, Bituca? E se eles venderem a fazenda? O que você vai fazer?

— O de sempre.

— Ser um pamonha?

Nada.

— E esse avião?, não desce nunca. Fica dando volta e volta, rodeando. Você lembra dos caracóis?, tinha por tudo. Eles também ficavam rodeando em volta das casa.

Rasgo no dedo.

Culpa da alça fina. Culpa do senhor Zenón. Rasgo no dedo — momento, o da outra vez. Carregando balde também. E Gregório viu o sangue. O espírito protetor sempre falou mais alto, nunca o deixou se silenciar. Até perto do senhor Zenón falava quando preciso. Aquele dia foi um outro mundo. Gregório mandou eu me cuidar do dedo, sozinho. Atravessei o campo sem saber que aquele eu ficaria pra trás. Para sempre.

Da morada menor não corria sopro, corria a não-coisa. Parei na frente da casa sem pensar e aceitei o estranho. Nem Aristides nem Ambaló por perto. Cusparada na terra seca. Já não era mais eu quem abriu a porta. É isso? A memória é sempre traída pelos saberes acidentais. À lonjura, e não me detive mais — o abstrato cansa. Um quarto sem gente, como não era pra ser, é um choque. Me demorei no armário porque sim. Quis fuçar a cama de cada um, mas pensei não. Deixei o dedo enrolado na camisa mesmo, até parar de sangrar. E foi aí que ouvi as voz de Aristides e Ambaló. Aquele timbre me enervou. Me enerva ainda, e saber que ele continua no mundo é descabido com a humanidade. É o timbre da soma acústica Aristides-Ambaló — anti-coagulante natural. O som se espicaça em mil lados e entra pelos poros. É por isso que não consegui ficar no mesmo lugar. Eu não queria que eles me vissem no meio do quarto. Na sinuca, sem saber melhor, qualquer canto é casa. Jeito que deu, deu errado. Diabos.

    O embate da não-coisa foi sutil — deslizante pelos canto da atenção. Tão imperceptível que quando entrei no quarto nem reparei de imediato. Tomei como natural. Quarto azedo?, não. Normal. Mas o quarto não respirava e todas as janelas estavam abertas. Não sei se primeiro foi o pé que vi ou a perna. E então vi tudo. A boca aberta só um pouco. Ela tinha se virado de lado e um dos braços estava ao longo do chão. Olhos quase fechados. É estranho como a gente aprende isso, mas quando a gente vê, a gente sabe. Não era mais Silvia. Nem toquei nela, não consegui. Saí correndo e pechei com Aristides mais Ambaló na saída. Eles viram meu apavoramento e nem fizeram obstáculo. Voltei correndo pro Gregório. Alguns dias depois eu soube que tinha sido estricnina.

    Gregório disse que fiquei sem rosto por uns dias. Eu não lembro. Vai ver a falta de rosto também nos tira a memória. E eu também era menor. As imagens sabem fugir melhor quando os nossos braços são curtos. E não tendo perna comprida, não se tem como alcançá-las. É terror de infância ficar sem os fatos da vida. Por isso é que criança espeta os ar. Ela tenta não perder as coisa. Ela tem afã de memória e medo do escuro. Eu entendo. Lembro de todas as criança que já nasceram nas barriga. Todas elas são assim — briguentas com a vida. Gregório já disse que eu também fui assim. Catador de ar, enxerido nos mistério. Sempre em cima do que acontece por aí. É esse o motivo de Aristides e Ambaló nunca sossegar o facho comigo. Só pode. Os dois são grude de coisa ruim. v·i·o·l·ê·n·c·i·a Ojerizam a curiosidade dos outro. Se ao menos soubessem disso é possível que fossem menos esclerosados. Mas há coisas que nem os neurônio salvam.

Calça furada.

De tempos em tempos Catarina junta outras três ou quatro e remendam as roupas de todo mundo. Geralmente no meio do ano, quando as criança cruzam o chaco. Os dias mais soturnos são os dias de costura. Os homem levantam uma lona na frente de casa e as mulher carregam as máquina pra fora. Todo mundo tira a roupa e dá pra elas arrumarem. A gente tudo espera elas terminar no meio do *titititititi* dos remendo. Haja fio. Catarina é quem tem mão melhor. É por isso que a gente briga pra pegar as roupa que ela costurou. Os buraco desaparecem por muito tempo. Outra coisa é as bota. Mais uma dor de cabeça. Quem tem bota boa é grande. Gregório, apesar das perna torta, sempre anda com as bota boa. É costume. Privilégio do homem por ser tão esperto. Esse aí não morre com qualquer coisa. Ele tem as tontura dele de vez em quando e é porque a cabeça pesa demais com tanto conhecimento — fardo de vida. Se lesse menos, o mundo não teria peso. Mas também não teria graça — fardo de tragédia.

Às vez penso que é só por causa de Gregório que ainda não enloqueci nessa fazenda. Tem tanta terra pra lá e pra lá que a esquerda vira direita e a direita vira esquerda. O Brasil é só fazenda. A nossa navalha é a terra. Gregório disse que os da cidade pensam que mandam. E devem pensar mesmo. Se eu não visse toda a imensidão desse espaço de cá, talvez pensasse que a multidão detivesse algum poder sobre o governo. Algum mando de campo, ou carta na manga. O mais revoltoso é aqui. A gente planta e planta, colhe e colhe, e vai tudo pra onde? Gregório disse que é pra outro país. Tudo isso aqui pra outro país. E nem é pra gente. É pra bicho.

Negar aos de cá tudo é uma mesquinharia sem dó. Terno liso não pisa direito aqui. Ele treme ao tocar o chão. Se sente dono da porra toda e pensa em como enfiar a faca na gente. Já vi muito. Já vi muita gente sofrer nas mão desses aí, os homem do banco. Eles acham que a cifra vale mais do que a palavra. Eles acham que o número vale mais do que o som que fala o número. Os projeto desses homem não é pro futuro. É pra morte. Não tem como plantar a mesma coisa pra sempre sem esperar que isso não chupe tudo lá debaixo e não acabe com as nossas esperança.

— Bituca, você lembra de Silvia? Aquela menina...
— A que morreu?
— É. Eu tava pensando nela.
— Por quê?
— Não sei... Você não é fabulador, não sei se entenderia.
— Só diga o que você tem a dizer.
— Hoje de manhã, depois que eu atirei com o canhão, e tava voltando pra cá, no meio do caminho eu achei que ela tinha vindo me levar. Como se um sussurro no vento quisesse me dizer alguma coisa.
— Tipo?
— Tipo vá embora. Vá pra bem longe. Vá o mais rápido que puder e não olhe pra trás. Eu quase fui dali mesmo. Mas fiquei com pena de deixar Formiga pra trás. Se eu fosse pra bem longe e bem rápido não teria como levar ele.
— Por que você fala dessas coisa? Se Aristides e Ambaló te pegam falando disso, nem Gregório te ajuda. Você sabe disso, não?
— Eu sei. Mas eu preciso falar. Já se foi o tempo de ficar aqui. E eu acho que você também sente isso, mas prefere não dizer. Ou que nem ao menos se escute pra saber que sente isso também. O que a gente faz aqui? Há quanto tempo a gente cuida dessa plantação? Você não acha que a gente tem de se perguntar isso? Você não acha que a gente tem de perguntar?

— Você anda desmiolado, Horácio. Deve ser os tiro de canhão que andam liquidando seu cérebro. Você precisa se ver melhor. Você não é ninguém aqui dentro.

— E você é?

Surdez a pique, entretido na sua miséria — meu maior medo. Virar um ninguém é pesadelo na certa. É ser manicômio de si mesmo. Nunca sonhei com a paz na minha própria miséria. Isso é triste fim, reservado aos embotados. Aos iludidos. Todos os amores daqui são embotados, sem surpresa pra uma vida de bicho de máquina. Amarga saber da não história do outro que dorme ao nosso lado. Isso é vil. Tem que se pensar no que tem depois. Depois é o descanso no fim do dia. Depois é a comida. Depois é o acalento. É miragem, sim. É loucura também não querer pensar em nada. Os vazios, quando se inclinam pra dentro, são mais perigosos — testemunhei. Baixo Wellington foi um. Dia e noite perdia o olhar na montanha. Não procurando, mas enxergando o invisível. Uma falsa projeção de desejos sem peso. O mesmo não aconteceu com Alto Wellington. Esse ficou consigo mesmo. Eu acho que ele sabia dos plano de Baixo Wellington. E plano sabido ninguém conta. É coisa oculta.

Nicotina em contraplano.

Chapéu de pano, expectorante ardoroso. Os fumo no chão são quase um céu de revés. Pontilham constelações de um futuro pulmão cancerígeno. Pasme, caminho arcaico. Ninguém o conhece melhor do que eu. Todos têm pressa. É tanta emergência que ninguém olha pra baixo e foi Formiga quem me ensinou a ter paciência. Se eu não fosse eu, estaria no torpe, como Bituca e quase todos. A maioria dos bicho de máquina são do fumo. A goma é horrível. O Sombra me deu pra experimentar uma vez e Gregório ficou sabendo. Me fez prometer que nunca mais chegaria perto da coisa. Embraveceu-se o homem. Disse que era perigoso e ruim. Ele não me queria mal. E o cheiro também é dos piores. Não sei o que eles misturam, ninguém sabe ao certo. Mas Gregório fez questão de não deixar ninguém mais me dar a goma. Passei de ruim quando experimentei. Troço de peste mesmo. Vejo uma nova estrela esturricada no meio do nosso céu. Bituca vai ao terceiro fumo do dia.

Clareio.

Sobe o sol, sem tempo — nivelador da sede. Mestre da casa, Bituca dá a letra aos primeiros do dia, Hugo e o Sombra. Verte suor e pinga verbo. É que é dia grande hoje. Fofoca de outros tempos, sempre soubemos. É casamento dos querido, Formiga. A filha do senhor Zenón vai se casar com filho do homem do banco. Grandes patrimônios a grandes pulhas. Merecedores da nossa boa vontade. Vontade de que vão embora. Pra bem longe e esqueçam daqui. Pequenas misérias à parte, a camuflagem quente abriu a porta à desrazão. A quentura é o pior mago. Faz a gente querer esquecer de tudo. Nos desrazoa, Formiga. Por isso que no verão a gente tem que jogar ozônio no céu, dia sim dia não, nas primeiras horas. Gregório disse que o buraco é grande. Mas a gente joga ozônio pra proteger a soja. Não nós, Formiga.

É quente agora, mas com sorte, hoje não vai a tanto. Se fosse, é bem certo de alguém fazer zombaria. Não basta os querido me terem a ideia desse chá de revelação, ainda é preciso usar roupa fina. Onde já se viu, Formiga? Amarrar uma árvore num helicóptero pra puxar ela e todo mundo ver a cor das suas raiz. Eles vão ter um menino, os dois. Um menino rico, herdado do dinheiro que a soja pode dar. Do nosso trabalho, isso sim. Partilha de rico é um tigre descomunal — cavilação. Moeda de troca do refém egoico da criança que nunca foram. Hostis ao possível, hóspedes da fleuma. Frente ao fim, quero o mal a eles. Me coloque num abismo, mas coloque-os no não-lugar.

Casa nossa.

Catarina já com a mangueira na frente da fila, com o que ainda tem da água de ontem. As criança da casa são desmiolada também. Mas é outros motivo, esse é pior. Os homem são ruim. Ao sair da barriga de máquina, as mulher cuidam dos pequeno até a idade certa. Enganando eles, incutindo a ideia de que o mundo é bom. De quando em quando os homem dão uma prova do doce. É estimulante do pior. Faz deles dependente. Obriga eles a fazer qualquer coisa por mais doce. Inclusive, cruzar o chaco. É assim que os homem daqui malogram as criança, Formiga. Eles entopem elas de dependência. No inverno, quando está um pouco menos quente, eles mandam elas, as ditas 'Ariranhas', até o outro lado da fronteira pra entregar o produto. É mais difícil pros drone rastrear gente, e gente pequena ainda... As Ariranha que consegue carregar mais branco são recompensada com mais doce. Se ela voltar. E quando é hora de cruzar o chaco pra levar o branco, é cada um por si. Bondade aqui é raro. Por isso que estranho Gregório. Ele nunca deixou eu tomar do doce ou alguém chegar perto de mim.

Zequinha na janela, absorto nas castanha, esperando sua vez. É menino pobre. Habita o indizível. Os adulto, de soslaio. Hugo e o Sombra são dois lado do mesmo papel. Vão a tudo junto. Roupas no chão, nus, esperam a sua vez pelo banho. Aqueles que vão saindo, aos poucos tiram suas roupas e entram na fila também. Hábitos de rebanho, sonhos de aniquilação. Hoje é festa de poucos.

Da casa até o armazém, cabeças lacônicas e pés chatos. Formiga e Fumaça, presos lado a lado, não principiam revolta. O burburinho dos sedentos é do avião que acabou de pousar na pista. Falta pouco pra união de bens. A caminho do laboratório, Catarina nota meu rasgo no dedo.

— Rasgo é rasgo. Acontece. Dona Gris disse que é preciso levar o que der às barrigas. Refrigeração...

— Pelo menos chame mais alguém pra ajudar você.

— Não se preocupe. Só vou entregar esses balde e venho tomar banho. Você viu Gregório?

— Tá ocupado com alguma coisa agora, Horácio. Ele me entregou algo essa manhã. Disse para não mostrar a ninguém e dar a você quando o visse. Tome.

— Um envelope?

— Ele não me disse mais nada. Só disse para dar a você.

— Que estranho. Por que ele escreveria uma mensagem? Você pode guardar pra mim até eu voltar?

— Claro, não se preocupe.

Nu, na fila, ungido pela água viva, Zequinha sofria a dor de lembrar da felicidade.

Casa deles.

Ao me virar pro lado de lá, um sintoma. Náusea de expectativa — sofrência de antes. Porque nas mãos dos que estão lá, mil mortes já se passaram. Esquálida visão de mundo daqueles que nos olham de cima. Lugar sem lei é ali. Máquina robusta de apedrejamento das ideia e da respiração. Tem quem acredite que os balaustre são feitos de osso. No andar de cima, Joaquim e Mantinho. Rifles baixos. À porta, Teofrasto e Gorápio. Olho no olho.

— Água. Laboratório.

— Água? Isso é água?

— É o que tinha.

A curvatura da Terra muda de ângulo com o peso do ódio no olho desses dois.

— Pode ir, Horácio. Vai na paz.

A primeira coisa sentida é o ar-condicionado que nos gela por dentro e por fora. A segunda, a culpa por estar ali. Há quem diga que é o ar frio que traz a culpa pra gente. Abigail, Jonas e Cardoso, como estátuas. Meus pés sabem o caminho. Esse é o ar que senhor Zenón respira. É bem mais puro que o de fora. Tempo demais aqui e você começa a ver coisa. Da cozinha se escutava a voz de dona Gris em sermão divinatório — contraponto com Guadalupe. Bituca me surpreendeu dum canto vesgo meu.

— Anda, homem. Que demora é essa?

— Nada não, chefe. As paredes me prenderam aqui. Elas gostam da minha presença. Sou o único que consegue conversar com elas.

Bituca não deixou eu me explicar e foi logo me empurrando corredor abaixo. Acontece que uma vez eu tive um sonho que as parede conversavam comigo. Não lembro o quê. Mas era um segredo, uma artimanha, um mistério.

— Você viu Gregório?

— Não.

— Ele não está com as barrigas?

— Já disse que não.

— Coisa estranha.

Corredor abaixo é mais frio ainda. Gela até a memória. Dá pra contar até trezentos antes de chegar na porta. É quase imperceptível, mas o corredor tem uma inclinação. Se você soltar uma esfera da entrada ela vai rolando até o outro lado. O laboratório precisa ficar longe do solo. Quanto mais longe melhor. Assim ele gasta menos energia pra ficar gelado. Gregório que me explicou. O corredor é o lugar mais ermo que eu já conheci na vida. Apesar de ele ser aqui dentro da casa deles. Ele é tão irreal que até parece que não existe. Parece de mentira. Branco lavado, sem graça e nenhuma distração. Nem janela nem som. Ambiente etéreo. Nem os passo da gente se escuta direito.

Entrando no laboratório pela primeira vez é coisa de doido. Francês, Inglês e Alemão são quem cuidam daqui. Eles supervisionam os fazedor da droga. O laboratório, na verdade, é um galpão com dois lados. O lado da droga e o lado das barriga. No lado de cá, é fio pra cima, fio pra baixo. Barriga em tudo que é canto. Nem parece que coisas nascem aqui. É de se duvidar se algo nasce de verdade. Todos os bicho de máquina só tem uma geração. Eles mesmo. Não é permitido a bicho nenhum ter filho. Se descobrem, matam o filho. Eles acham que é coisa nossa de vingança. Se a gente tem filho, eles acham que a gente faz de briga. Eles acham que é uma forma de dizer que a gente também pode fazer filho e que não é só eles, não. Muito errado. Ninguém quer colocar filho nenhum aqui pra trabalhar pra eles. Se você pisar aqui dentro do laboratório, você vai ver. As baias todas se conectam com fios, como várias teia de aranha. E se você olhar de perto, dentro da máquina, vê que tudo isso é horror. Isso não se faz. E você pensa que a única coisa certa a fazer é desligar tudo e destruir cada máquina, pra não sobrar nada. Pra ninguém ter a vida que os outro têm.

Bituca, com meu balde, jogou a lama no entorno das máquina de baixo, dentro de uma pequena piscina de água barrenta.

— As de cima tão bem. É as debaixo que precisam de mais resfriamento.

— Bituca, e se a gente desligasse elas?

— Você tá doido?

— Esse zumbido todo. Não te incomoda?

Não sei explicar o ódio do olhar alheio. Por que Bituca não quer desligar as máquina? Ele não acha errado também? Por mim, o terror desse zumbido tem que acabar.

Confluência.

Ao choque do ar quente, na saída, Bituca e eu vimos os homem vindo de bando, levantando poeira. O início dos laço em desafeto. Senhor Zenón tinha ido até a pista junto com Aristides e Ambaló pra dar as boas vindas aos homem. O gelo de debaixo da pele tinha ido embora. Não adianta, quando o mundo é quente, é porque tem muito diabo nele. Do lado da nossa casa, a fila andava a passos lentos. Alto Wellington ainda não tinha tirado a roupa. Fiquei receoso porque ele tinha um mar nos olho, miragem de um mundo melhor. Achei que ele fosse fugir dali mesmo. Antes, um grito nos alarmou. Era a intrepidez do menino Zequinha, que de birra fugiu da fila e correu até o leito do córrego. Só pra ver. Os que ainda estavam na fila se compadeceram, e Catarina foi até ele.

— Olha! Olha!

Depois, um grito adulto. Aos montes, todos correram pro córrego, sedentos de outra sede. Aos corpos nus enfileirados no topo do barranco, uma silhueta se apresentava. Um homem calvo, encoberto no lamaçal. O último a chegar pra ver foi Alto Wellington. Que já sabia. Ninguém precisou dizer nada porque nada precisou ser dito — tudo o que sai daqui volta. Alto Wellington não pensou duas vezes ao descer até o leito em tom de coveiro. Mas a cova que preparou não era embaixo da terra. Alto Wellington soltou seu irmão das pedras e o deixou ir com a corrente do rio. Quando subiu de volta, a fila retornou ao lugar de antes. Na nossa morte não é com desdém. É com pesar e aceite. Costuma ser assim. Eu vi que o mar dos olho de Alto Wellington não tinha ido embora. Ao som do motor das caminhonete, me preocupei com ele no meio do campo, ainda vestido. Lá se vai algo de ruim. Uns não vê. É que nem toda pessoa sabe testemunhar uma recém-feita lápide.

De clima posto, peito aberto. Há lamúria da manhã que se sustente sem reza? Catarina pedia um milagre. Que mudem de direção, que vão embora, que olhem pro outro lado. Mas não aqui. A gente já nasce de cabeça baixa, agrilhoado aos nossos tendões. Como ferramenta do início ao fim, nosso único pecado é roubar o próprio corpo. Eis a afronta. Alto Wellington, clareira da nossa mata.

Laço.

Alto Wellington e Baixo Wellington eram número de pouco caso. Vez que outra uma barriga incorria no erro do gêmeo. O comum era matar um dos dois. Mas como era raro acontecer o erro, Gregório sempre suplicava pelo salve. Eles eram irmão. Os únicos da fazenda. Catarina disse que há muito tempo atrás teve outros. Eu só conheci eles dois. É por isso que eu carregava a recém-feita lápide de Alto Wellington em tão alta estima. Se ele tivesse feito o esperado, entrado na fila pra tomar banho, senhor Zenón teria entrado em casa. Junto com Aristides e Ambaló. Os pé no lugar errado, pros dono, é afronta. Jeito ruim de ser. É coisa de sujeira. Não pode pisar aí. Não pode estar sendo aí. Você tem lugar. Se você não está onde é pra estar, você é sujo.

Aristides e Ambaló a pique. Gume de duas guinada na quebra do raio. Eu já tava na fila quando os dois engalfinharam a cabeça de Alto Wellington dentro de um saco plástico preto e deram pancadas do lado da orelha até o saco rasgar e ele cair no chão, já pesando sem vida. Eles nem falaram nada. Os pé, as perna — corpo que já foi. Inerte pulso e pulmão. Rememória de novo. Hugo e o Sombra se secavam no sol, ao lado de Bituca, que trazia os traje fino. Zequinha lambia as últimas gota do braço. Eu... pensei em Silvia.

Sua história é oriunda do mesmo lugar de todas as outras histórias. De um lugar longe e falso: a vontade alheia. A nossa história é o que os outros querem. E Silvia queria mais. Ela queria ser feliz. Arrancar suas próprias raízes. Ela sabia que a sua verdade estava na carne. A sua verdade era a carne. A carreira de selva mostrou a si o que poucos viram. Infinitos instantes sucedem o nosso passo. E a cada um deles, deixamos de ser uma possibilidade. O que leva alguém a pensar isso? O que foi que ela viu no chaco? Será que encontrou um telúrico no meio do caminho? A seita dos telúricos é tremenda, eles sabem mais sobre a terra do que qualquer outra pessoa. Ela foi a única da sua ida a voltar. Na volta, não sucumbiu aos doces. Voltou outra pessoa. Anos depois, encontrou braços. Poucas pessoas sabiam que ela e Gregório tiveram um caso. Mas segredo de dois é segredo de muitos. Aristides e Ambaló foram os primeiros a descobrir.

 As ideia desses dois é horrenda. Eles vieram ao mundo pra inverter tudo. Dar morte à vida e fazer o dia em noite. À notícia de carícias trocadas, os dois fizeram um pacto com os abutre. Gregório nunca foi um deles porque é um bicho de máquina como nós. Porém, tem privilégios porque é esperto como poucos. Apesar disso ser muito, não é o bastante. Quando os dois abutre souberam do novo amor, eles começaram a colocar o doce na comida de Silvia com a promessa de não contar ao senhor Zenón sobre o caso. A droga é horrível num corpo. Ela nos azeda por dentro e por fora — cheiro inequívoco de submissão. Com dependência se faz qualquer coisa a uma pessoa. À noite, antes de dormir os dois aplicavam a bendita droga. Ao fim, tudo o que Silvia queria era a droga. Gregório nunca mais trocou uma palavra com ela e enterrou Silvia quando ela morreu.

 A mortandade de Alto Wellington e Silvia me tiraram as vestes e soçobrou o último barco em mim. Jaçanã, se tiver um por aqui, viu lá do alto, que cresci e a cabeça pendeu. Peso de consciência que diz Gregório. Os atravanques das escolha. Corrido ao jubilado, meu processo exotérico se fundiu entre tantos — muitos anos de ver coisas assim é pimenta pra língua. A cisão de uma nova vida sempre está na ponta da navalha. Basta querer ver e querer escutar. Meu passo fundamental, aquele que me tirou da fila, pareceu o último. Vi já no olho de Catarina uma súplica pra que eu não fizesse seja lá o quê. Se a angústia não é o motor dos pé, então qual é? É essa visão a minha, sem saber o oriente, pendendo dentre dois mundos. O ruim e o menos pior. Eu, enterrado e escondido — profundamente — na rama. Eu sou o que sou. Um pensamento natimorto, fruto da decisão da casa deles. Menino hediondo.

    A espuma de Aristides e Ambaló ainda bulia perante a minha desavença. Ela esbranquiçava o chão aos respingo e bafo. Se ninguém desse sinal, eu ia. Dum pulo de leva e trás Catarina se aparece e me bate na cara — puro teatro. A acordar, estalo pro fatal. Eles gostam quando a gente briga entre nós. Motivo pelo qual esqueceram do corpo e se riram da nossa birra. Senhor Zenón já havia entrado, junto com os homem do banco. Aristides e Ambaló se refizeram, limparam a cara e se desapareceram lá dentro.

— No que você está pensando, Horácio?

Sem a que me agarrar, meu mar não cospe palavras. Só chorei, abraçado a Catarina. Hugo, o Sombra e Bituca deram ao corpo de Alto Wellington o mesmo fim do irmão. O levaram barranco abaixo e o puseram no rio lamaçento. Ia de encontro a Baixo Wellington.

Dó de mim.

Prestou atenção — piedade ao chorume do meu desnível de águas. Catarina, nossa mãe protética. Desfazedora dos nossos nó. Inteligente como agulha, sabe furar qualquer bolha. Fez eu voltar à fila e perder o semblante no meio do escorre d'água. Secando ao sol, Bituca trouxe o meu traje, com meio pesar no rosto. Quase todos com as novas vestes e Catarina veio até mim com a carta mais uma vez. Era uma carta sem destaque em fita, com papel simples mesmo. A guardei no bolso do traje. Não parecia ser momento de confidência. Aos conformes do plano, era coisa de sermos mãos de Guadalupe, a cozinheira. Hoje, a maioria de nós ia ficar sob sua voz, potente como um canhão, à espera da vontade dos homem.

Entramos todos, de um só corpo. Catarina, à frente, vê o amargo em mim e o dolorido dos outros. Espirros de possível males da pleura porque do ar quente pro ar frio não há remédio, apenas hipostasia. Éramos três filas retas no saguão, aos olhos de Abigail, Jonas e Cardoso. Ainda estátuas — potências violentas. Primeiro, a varredura e a espera da caída do último pingo de luto. Segundo, as ordem. Foram muitos ecos ocos até Dona Gris se fazer presente no alto da escada e descer o verbo. Pilantragem é circunstância de gênio. Que discurso desvibrante da corrente de ar. A única razão para estarmos ali era a indolência de dois pombo: o filho do homem do banco e a filha do patrão. Somos a picuinha dos joguete, porque pra eles tudo é um jogo. O novo ar até faz a gente pensar melhor. No entanto, o oxigênio transitante não impede nossos poros de umedecer a camisa. Suor que vai é catarro que vem.

Vontade de susurros com o meu lado. Helena, minha dupla.

— Você já sabe o que a gente vai fazer?

— Ainda não. Eu acho que ficaremos na cozinha, Horácio. Com Guadalupe. É uma pena.

— Por quê?

— Acho que não veremos a revelação, afinal de contas.

— Você queria ver um helicóptero puxando uma árvore?

— Você não?

— Eu não.

No fim, Helena estava certa. Fui me intrometer à cozinha com ela e mais um punhado, aos berros de Guadalupe. Meu rosto ainda doía do tapa de Catarina. Motivo pelo qual demorei pra começar a descascar as mandioca. É que não gostei de segurar uma faca. Pareceu coisa mortífera, repreensível. Junto a isso, um medo de me cortar. Meu dedo também doía por causa do rasgo de antes. E eu também não gosto da cozinha. É lugar de baixeza. Lá fora, é nós com nós.

Aqui, é nós com eles. Tem pouco espaço pra eles em qualquer lugar. Antes, eu ficasse com Catarina, ou Hugo, ou o Sombra, ou até Bituca, mas nem pra me colocarem junto com eles. O agravante é com um rosto novo, sentado na ponta da cozinha, em roupa branca. Com olhos baixos em cima de todos. Ineditismo que tomei por ser alguém que veio no avião. Estranhei o interesse em mim, mas segui.

— Helena, você sabe quem é aquele?

— Não, nem ideia.

Guadalupe me escutando foi ter uma palavra com o homem. Ao invés do berro, um sussurro escondido dos outros e um dedo que apontava na minha direção. Gelo.

— Eu acho que ela está falando de mim.

— Horácio, siga com o que você precisa fazer. E fique quieto.

Tentei derrubar aquele sentimento de ausculta, em vão. E agora? O que foi que eu fiz? Os sussurros vêm e vão, risos emergem, um tapinha nas costas. Quem é ele? O que ele quer? E por que ele está se levantando? Os seus olhos não saem de mim por nada. Sê assim pra bem longe, faz o favor.

— Ele está mesmo falando de mim.

— Diabos, Horácio. Fique quieto.

— Eu não tenho nada a declarar. Fiz o que pude. Fiz o meu melhor.

O que pareceu longas horas, se traduziu por minutos. Meus batimentos correspondiam com o suor. Frios. Algo estava prestes a acontecer. Ele vinha até mim, intocável. Aos nervos rijos, um passo mais perto.

Roupa em branquidão.

— Você deve ser Horácio.

— Sim, sou eu. Por quê?

— Eu me chamo Mica. Acho que precisamos conversar.

— Ok.

— Venha.

Sua voz era doce como um veneno e me atraía para o calabouço.

— Para onde você está me levando?

— Na verdade, eu quero que você me leve a um lugar.

— Onde?

— Ao laboratório.

— Não sei se isso é uma boa ideia.

A terceira voz se une a nós.

— Horácio, leve Mica para conhecer o laboratório, por favor. Seu Zenón gostaria muito que você o apresentasse a Mica.

— Tudo bem, senhora Guadalupe. Por aqui.

A gente se vê diferente deles por causa do cheiro. Deve ser bom poder usar e escolher um perfume. Um dia, quem sabe? Carregando dois balde pesado o corredor parecia menos comprido do que agora.

— Por que você quer conhecer o laboratório?

— Eu nunca vi uma barriga de máquina antes.

— Não é muito bonito.

— Isso não me importa. Eu preciso saber como é.

A falta de ameaça é assustador. O cabelo reto, o semblante de gente viva, a roupa limpa. É muito estranho tudo.

— Você trabalha para o...

— Senhor Tavares. O seu novo chefe.

— O meu o quê? Dono, você diz?

— Nós preferimos a palavra chefe.

— Espere. O que você está dizendo?

Estanque a meio caminho.

— Que é melhor você olhar a barriga de máquina pela última vez. E o laboratório, e a fazenda e até o senhor Zenón. Você vai embora daqui. Você virá conosco. Para a cidade.

— Mas por quê?

— Isso eu não sei. Eu só imagino que você tem um bom amigo aqui. Gregório?, é isso? Espero que você mantenha isso um segredo. Pelo que eu pude escutar, o seu amigo arranjou isso para você. É de se agradecê-lo quando tiver a oportunidade. Por falar nisso, onde ele está? Não o vimos ainda.

— Ele... deve estar no seu escritório. Ele não gosta de ser incomodado sem razão. Tenho certeza de que ele descerá daqui a pouco. Mas... o que ele disse, exatamente?

— Eu não sei... Horácio?, é isso? Eu não sei. Você pode perguntar a ele depois. Pensei que você já soubesse disso. Certamente ele quer o melhor para você. Tirá-lo daqui. Colocá-lo em outra perspectiva. Sei que você vai gostar da cidade.

— Na cidade? Onde?

— Depois a gente vê isso.

— O que tem ela de tão especial?

— Dinheiro. Muito dinheiro. E minério. Eles descobriram uma coisa embaixo dela. Algo melhor do que plutônio.

— Energia nuclear.

— Sim.

— Você mexe com isso?

— Não. Sou apenas o assistente do senhor Tavares.

— Ele mexe com isso?

— O senhor Tavares mexe com o dinheiro por trás disso. Você sabe o que é um lobby?

— Não, não sei.

— Bem... Pense da seguinte forma. O senhor Tavares é um investidor. Ele investe na formação de opinião pública. Se ele quer que as pessoas se sintam melhor em explorar o potencial da radioatividade, que pensem nisso como uma coisa boa, elas primeiro necessitam ter o conforto social para isso. Tem que ser uma ideia aceitável aos ouvidos dos seus amigos, parentes e colegas.

— Mas isso é bom?

— Isso... não importa. Essa pergunta é como escolher com qual camiseta você e eu vamos jogar tênis amanhã.
— Nós...
— Por que não continuamos?
— Sim, claro.

A discórdia em mim não aplaina a desconfiança de que isso é lance errado. E por que Gregório nunca me falou disso antes? Será que era isso o bilhete? Preciso me livrar desse homem e ler a carta.

— Chegamos. É isso o que você quer ver? Três andares. Quinze baias por andar. As últimas do meio tão com problema. Gregório tá consertando elas. Você sabe como elas funcionam?
— Eu já ouvi falar.
— Você... quer ver?
— Quero.
— Se você me permite a não visão, veja por você mesmo. É só puxar essa tampa aqui, devagar.
— Está bem.

É sem nervo o homem. Por isso é lance ruim. Que ele quer de mim? Ele acha que eu não vi o sorriso dele quando abriu a tampa? Ele gostou de ver. Ele gostou de ver dentro da barriga de máquina. E ele gostou da luz que banhou seu rosto.

— Você precisa fechar agora. Não é bom deixar a tampa muito tempo aberta. Por que você quer ver isso? Você não acha isso repugnante?
— É tão repugnante assim o lugar de onde viemos?

O vento na contramão mais uma vez.

— Do que você está falando?
— Você ainda não percebeu?
— Perceber o quê?
— Eu sou como você.
— Você é um bicho de máquina?

— É tão difícil de acreditar, Horácio?

— Mas... mas... você tem dez dedos.

— Nem todos os bichos são iguais. Alguns de nós tem até doze dedos. Se você se sente inseguro com seis, podemos comprar uma prótese. Que tal?

— Uma prótese pra mim?

— Isso. Você teria dez dedos e ninguém notaria. Você gostaria disso?

— Dez dedos... eu não sei. Por quê?

— Horácio, por que não? Você quer viver mais? Feito. Você quer mudar a cor dos seus olhos? Sem problemas. Você quer ter filhos?

— Ter filhos? Você quer dizer ter filhos? Você tem?

— Eu não tenho. Mas meu irmão sim.

— Eu não sei o que dizer a você.

— Diga sim. Deixe tudo aqui para trás. Você pode começar de novo. Criar uma história. Saber o que é ter controle das coisas. O senhor Tavares me disse que você sabe ler. Quantos aqui sabem? Você pode aprender muito. Pode conhecer muitos lugares. Aqui e fora. Você não quer continuar aqui, Horácio. Não há nada para você aqui.

— Tem Gregório. E Catarina, e os outros.

— Diga-me uma coisa. O que você faz aqui?

— Eu opero o canhão e ajudo no que precisar aqui na fazenda.

— Você não quer fazer isso a vida toda. Confie em mim. Acho que já falei demais. Bom, eu não posso forçar você a ir comigo. Mas o senhor Tavares pode. E ele irá, Horácio. Ele irá. Se você aceitar, será muito melhor. Pense nisso que eu estou fazendo como um abraço de boas vindas. Há muito o que aprendermos juntos ainda. Mas por ora, por que não voltamos aos outros? Vamos encontrar o famoso amigo Gregório de que tanto escutei falar. Que tal? Mostre-me o seu escritório, por favor.

— Está bem.

A meio caminho dentro do corredor, meu sentimento de alerta volta e com ele, o revertério dos intestino. Eu não gosto da ideia de deixar Gregório. E eu nem sei quem é esse homem.

— O que acontecerá com a fazenda? Depois do casamento.

— Será vendida provavelmente.

— Vendida? A quem?

— A quem quiser.

— Por quê?

— Você não sabe? Você não sabe. A Bolívia comprou o estado de Mato Grosso. Ninguém achou que ela compraria mesmo. Mas depois dela comprar o Acre de volta, as coisas ficaram incertas. Imagino que você não soube da guerra. Depois da bomba, houve uma segunda Guerra do Chaco. Lutada a não muito longe daqui. Você não deve ter escutado, mas deve ter visto. Não?

— Os drones... É por isso que eles usam crianças. Mas por que elas levam drogas?

— É para os soldados, eles precisam de concentração. Quem mora aqui perto tem muito a perder. São muitos fazendeiros. Muitos fazendeiros, muita soja. Muita soja, muito dinheiro. Estão dispostos a pagar muito para que os soldados os protejam.

— Mas por que a Bolívia está comprando terras?

— Eles pensam que podem reverter a situação.

— Qual situação?

— A de que o mundo não vai durar para sempre, de que está prestes a quebrar-se ao meio.

— Mas e os daqui? O que vai acontecer com as pessoa da fazenda? Pra onde elas vão?

— Isso eu não sei. Provavelmente serão vendidas. Como você.

— Então é isso. Eu fui vendido.

— Escute. Não é a pior coisa. Você não se saiu mal nisso. Na verdade, você é quem mais tem algo a ganhar com isso. Seu amigo Gregório o ajudou mesmo. Fez o senhor Tavares comprar você sem nem ao menos conhecê-lo. Ele não faz isso, eu sei.

Aos três pares de olhos de Abigail, Jonas e Cardoso, ao pé da escada, Mica fez um gesto qualquer e eles abriram passagem. Subimos as escadas até o segundo andar, em direção ao escritório de Gregório. Três batidas na porta. Silêncio.

— Ele costuma trancar a porta, mas já era pra ele ter saído.

Três batidas na porta. Silêncio.

— Gregório. Sou eu, Horácio.

Três batidas na porta. Silêncio.

— No que você está pensando?

— Não tem outra porta para o escritório dele?

— Não, é só essa mesma. Gregório, sou eu.

— Deixa eu tentar, com licença.

Mica tentou o mesmo e teve o mesmo.

— E se a gente chamar eles três?

Abigail, Jonas e Cardoso vieram ao chamado de Mica.

— Vocês viram ele saindo hoje?

— Ele saiu mais cedo, e depois voltou. Está aí. Gregório! Abra a porta.

Abigail, Jonas e Cardoso só sabem responder ao silêncio com murros. À porta, o mesmo. Seria melhor se a porta não abrisse. Seria melhor se eu não visse o quarto sem respirar e as janelas abertas. Seria melhor se eu não visse os papéis ao chão e a garrafa em cima da mesa. E seria melhor se eu não visse o veneno e a agulha. Seria melhor se eu não visse outra vez o descabido. Primeiro a perna, depois a barriga e não quis ver mais. Eu já sabia. Atirado ao lado da mesa, Gregório estava morto. Por quê? O chão me veio, mais rápido do que uma bala. E acordei aos tapas e água. Era Mica.

— Você está bem?
— Ele está morto?
— Sim. Ele está. Vamos sair daqui.

No fundo, eu sempre desconfiei que um dia Gregório fosse tomar o veneno. Mas por que hoje? De canto, o timbre dos meus dois nervo ruim me surrupiaram o luto. O corpo à quina do corredor ao lado de Abigail, Jonas e Cardoso topou com Aristides e Ambaló. Uma discussão, um tormento.

— Eu quero sair daqui, Mica. Me leve daqui.
— Não se preocupe. Nós vamos embora para bem longe.
— Eu não quero mais ouvir a voz deles dois.
— Depois do casamento, você nunca mais ouvirá.
— Para onde estarão me levando?
— Eu não deveria estar dizendo, mas é para a Argentina, perto da fronteira. Sobrevoaremos o deserto do Paraguai e nas primeiras horas do dia de amanhã, você conhecerá um outro mundo.
— O que acontecerá comigo?
— Você verá um mundo melhor. Um mundo de verdade.
— Eu acho isso impossível agora. Eu quero morrer também.
— Sugiro que você não fale alto para eles não ouvirem. Aqueles dois têm um pacto com o sangue, não? Eles atenderão o seu desejo. Não diga isso. Espere. Espere e verá.

Mão trêmula de defunto quase. Era eu um tanto morto. É porque Gregório é muito. O que é este lugar sem ele? Talvez se eu não falasse mais, diminuísse de tamanho e poderia ficar aqui no canto do quarto, sem ser notado. Sem respirar, sem perceber mais nenhum movimento. E aí, o tempo não passaria. Eu seria pra sempre um ponto vazio, sem ocupar espaço. E tudo seria pra sempre, como antes. Na infância tudo é pra sempre. Até o futuro. É uma vida sem tempo porque não passa. Eu queria isso. Essa poderia ser a minha nova vida.

— Será que você me consegue um copo d'água?
— Fique aqui, eu já volto.

À saída de Mica, vi a janela aberta. A solidão era minha, quase. O vozerio do corredor ainda corria por cima do corpo de Gregório. E se eu pulasse? Não ia adiantar. São só dois andares. Mas eu poderia... Ainda tem um vidro fechado. Mas não aqui. Eu precisaria ficar sozinho. E se eu voltasse à nossa casa? Dá pra descer pela janela com cuidado. É só cuidar pras lágrima não escorregarem pras mão. Ninguém no campo. É agora. É só eu ir rápido. Que bom. As madeira são boa pra descer. Eu vou chegar lá, bem rápido. Ninguém vai me ver. Eu vou fazer isso. Porque está todo mundo aqui dentro e não tem ninguém lá. E vai ficar tudo bem. Eu vou fazer isso sozinho. Sem ninguém me vendo. Sem ninguém pra me cuidar. E vai ser bom. Vai ser bom pra mim. Já, já o calor vai embora. Quase agora. Quase lá. A porta não tá trancada. Que bom. Ninguém aqui, mesmo, eu sabia. Ninguém. Só eu. Eu acho que é assim. A agulha entra por aqui, a gente puxa, isso. O veneno sobe até o tampo. E agora, no braço, na veia. Será que é sem dor? Será que vai ficar tudo bem? Eu posso esperar só um segundo antes. Tem que apertar o braço pra veia sair. E agora, descer a ampola com o dedo. O que eu teria dito a Gregório? O que ele teria dito a mim?

O bilhete.

Preciso ler a mensagem, antes do braço perder o sentido. Onde ela está? Em que bolso? Aqui. Em papel simples. Eu tenho coragem pra isso? Eu posso. Palavra por palavra, a cada som inarticulado, é estar à frente de Gregório. Se eu ler de novo, as palavras serão as mesmas? Elas me dirão mais uma vez o que eu não sabia? A tontura... Eu devo comer esse bilhete pra ninguém encontrar. Espero que não tenha ninguém lá atrás. É melhor ir rápido, antes que me descubram.

À sombra do armazém.

— Formiga, é a última vez que nos vemos. Me leve daqui. Mas antes, eu preciso te contar uma coisa. Gregório me deixou uma carta. Eu não sou bicho de máquina, Formiga. Por que Gregório nunca me disse? Eu não nasci de máquina, Formiga. Ele... ele é meu pai. Isso quer dizer que eu tenho uma história. Eu não sou um ponto sem peso. Ele também me disse que sabe onde está a minha mãe. Ela tá escondida em algum lugar da Serra do Roncador, junta com outros filhos que também fugiram. Se ela estiver viva, é lá que ela está. Me leve até ela, mesmo que meu corpo não chegue vivo.

Formiga: objeto amado, franzino, construído por pena de sua não-existência. Carregarei o peso desta carta para sempre.

Buraco

√(-1)

O.

O desafio era deixar as mãos enterradas por mais tempo. Quem fizesse isso, ganharia a arma do pai de Cássio. Os meninos se encontraram no fim da tarde e alguém propôs o desafio. Cássio costumava levar a arma do pai para os fundos da loja porque lá atrás ninguém incomodava. Depois do plano ter sido acertado, Cássio voltou com uma pá e escolheu um lugar onde a terra era mais fofa. Começou a cavar e conforme um buraco era aberto, um dos meninos se agachava e colocava as mãos lá dentro. Cássio os fechava e seguia fazendo buracos, um ao lado do outro. Cássio os fez com pressa para seu pai não perceber que a pá havia sumido. Após devolvê-la, retornou aos fundos e contou os oito buracos que fizera. Nenhuma palavra foi dita. A noite veio e ninguém havia desistido ainda. Cássio ouviu seu pai o chamar e deixou os oito meninos para trás. Ele não suspeitou de nada porque os meninos sempre entravam pelo terreno baldio do lado e por isso não os viu entrar na loja.

Na manhã seguinte, Cássio encontrou seis meninos na escola. Só dois ainda estavam competindo pela arma do seu pai: Samuel e Nardim. Na hora do recreio, Cássio e os seis meninos pensaram em matar aula e ir embora para voltar à loja. Ao som da campainha, estavam prestes a entrar na escola quando escutam Samuel a gritar por eles do lado de fora. Cássio e os seis meninos se embrenham pelas árvores que dão para a rua e pulam por cima do muro. Samuel está a gritar que algo está errado com Nardim e todos correm à loja. Entram pelo buraco no portão do terreno baldio e encontram Nardim deitado no chão, sem se mexer. Cássio tenta acordar Nardim e Samuel diz que já tentou fazer isso. Ele ainda está com as mãos enterradas no buraco.

 Cássio, Samuel e os seis meninos puxam Nardim e desenterram suas mãos. Eles o desviram e veem que seu rosto está inchado. Suas pernas estão fedendo a mijo e suas mãos têm um corte circular no lado de dentro do tamanho da palma. Os meninos se desesperam e Samuel diz para enterrá-lo, ali mesmo, e rápido. Cássio sai pelo lado e entra pela frente da loja. Explica a seu pai que a escola terminou mais cedo. Seu pai estranha a falta de sua mochila. Cássio explica que passou em casa antes. O pai acredita. Cássio espera alguém entrar e seu pai o atender. Pega a pá e leva aos fundos. Pergunta quem irá fazer o buraco e ninguém o responde. Cássio larga a pá no meio dos meninos e espera alguém dar o primeiro passo. Samuel muda de ideia e sugere que talvez devam deixá-lo ali, para ser encontrado. Ele escuta algo e se vira. Os meninos ficam sem reação ao verem o pai de Cássio ao pé da porta. Ele não grita. Caminha até eles e eles não fogem. Abrem a roda e o pai de Cássio vê Nardim estendido no chão. Ele se ajoelha e Samuel corre para dentro da loja. Os outros meninos principiam uma corrida e o pai de Cássio lhes censura. Diz para ninguém ir embora. Ele abraça Nardim e o levanta nos braços. Os meninos o observam.

 Samuel volta aos fundos com a arma do pai de Cássio. Ele aponta a arma, fecha os olhos e dispara. O pai de Cássio vai ao chão, segurando o pé e gritando de dor. Seu pé tem um buraco na parte de trás. Samuel larga a arma e foge. Os meninos o observam. Cássio vai de encontro a seu pai e fica com medo de tocá-lo. Ele diz para pegar o telefone e ligar para a polícia. Cássio entra na loja e os meninos o observam. Eles fazem um círculo ao redor do seu pai. Outro tiro é dado, do lado de fora. Os meninos entram na loja e correm para a frente. Cássio está na porta, olhando Samuel caído no chão da rua com um buraco nas costas. Os meninos o observam. Do outro lado da rua, na frente da outra loja, o dono está segurando uma arma e sorrindo. Ele diz a Cássio para não se preocupar. "Esse aí não rouba mais". Os meninos voltam aos fundos da loja, passam pelo pai de Cássio, o corpo de Nardim, e saem pelo buraco do portão, para o terreno baldio.

A polícia chega e encontra o dono da outra loja com a arma. Ele aponta para Cássio e os policiais vão até ele. Cássio aponta para os fundos e os leva até seu pai. Eles o encontram ainda caído, em frente a Nardim. Os policiais, ainda em alvoroço, sacam suas armas e apontam para o pai de Cássio. Ele levanta as mãos e tenta proteger o rosto. Cássio corre para abraçar o pai, mas um dos policiais o pega antes e o leva para a frente da loja. Ao ser levado, Cássio consegue escutar uma ofensa racista e ver o olhar de seu pai antes de tomar uma surra dos policiais.

Na frente da loja, uma pequena multidão se fez presente ao redor do corpo de Samuel. Havia poucos policiais para conter as pessoas. Cássio foi posto dentro de uma viatura policial, no banco de trás. Ele ficou tímido com os flashes das fotos tiradas de si pelos que passavam ao lado do carro. Só outro policial estava no carro com ele, atrás da direção. Cássio perguntou por seu pai. O policial fez o sinal de silêncio com o dedo.

OO.

O intervalo é sempre dividido entre aqueles que preferem fumar e aqueles que preferem comer. Cássio nunca foi um fumante e a morte prematura de sua mãe por causa do tabagismo o marcou profundamente. O pátio da fábrica servia de ponto de encontro aos fumantes: a parede alta, atrás das caçambas, perto dos caminhões. Aqueles que comiam aproveitavam do espaço do refeitório ou se juntavam aos fumantes, para comer em pé. Cássio preferia estudar enquanto comia. Ele lia as questões do último concurso de técnico em segurança do trabalho quando sua colega Emília sentou-se ao seu lado. Antes de Emília conseguir perguntar se Cássio sabia por que o Senhor Emanuel andava faltando, alguém caiu no meio do refeitório, enquanto comia. Aos gritos, todos correm em direção ao homem que está sufocando com a comida. Cássio vê todos ao redor do seu corpo azulado caído no chão e abre espaço entre eles. Ele se ajoelha e vira o homem de costas ao pegá-lo num abraço por trás. Em curtas sucessões, Cássio comprime a barriga do homem num ângulo que empurra a comida presa para fora e todos o aplaudem. Após recuperar o folêgo, o homem agradece a Cássio e comenta que a comida entrou pelo buraco errado. O intervalo termina e todos voltam aos seus postos.

No fim do dia, Emília vê Cássio indo à parada de ônibus e o segue. Muitos trabalhadores se juntam debaixo da marquise. Ele espera o ônibus. Ela espera ele. O primeiro ônibus chega e algumas pessoas fazem a fila. Uma amiga de Emília a vê e pergunta se ela não vai subir. Ela responde que vai dormir na casa de sua irmã. O ônibus enche e vai embora. Ainda há muitas pessoas na parada. O segundo ônibus vem e Cássio sobe. Emília o segue. Após atravessarem a cidade, ambos descem e Emília segue Cássio até o metrô. Eles descem as escadas e se dirigem até a plataforma. Ficam um ao lado do outro. Eles não falam. Quando o trem chega e as portas abrem, os dois entram e ficam juntos, abraçados, segurando o metal. Cássio diz que hoje não é sexta-feira. Emília responde que não importa.

O trem chega na estação e os dois descem. Caminham meia hora até a casa de Cássio. Eles tiram a roupa e tomam banho juntos. Emília empurra Cássio contra a parede e o beija. Ela o vira de costas e o abraça por trás. Lambe sua nuca e acaricia seu membro. Com a outra mão segura o peito de Cássio e a desliza pelas costelas até a bunda. Emília circula o cu de Cássio com o dedo. Ele pede para ela parar. Ela não para. Ele tenta se virar. Ela não deixa. Cássio fica brabo com a brincadeira e grita para ela parar. Emília desliga o chuveiro e Cássio sai apressado de dentro do box. Emília se seca e vai até a sala. Os dois estão pelados.

Ele pergunta o que ela vai querer de janta. Ela para e pensa. Emília olha fundo nos olhos de Cássio. Ela procura encontrá-lo e saber quem ele é. Ele sabe disso. Cássio diz que não gosta quando ela faz isso. Emília continua a olhá-lo. Ela diz que eles não podem falar ou estar juntos no trabalho, que os outros não podem saber, que eles só podem estar juntos no fim de semana, que ele não fala com ela mesmo fora do trabalho. Cássio pega um bife da geladeira e o corta em dois. Por causa do calor, os dois continuam pelados.

Sem perceber, toda vez que Cássio pega uma faca para cortar algo, ele confere as palmas das mãos. E elas estão como sempre estão. Emília pergunta o que está acontecendo. Cássio responde que prefere não. Ela pergunta o quê. Ele diz a coisa do cu. Ela diz que se ele nunca deu o cu não pode saber como é, e talvez goste. Emília sugere a Cássio comer o cu dela e se ele gostar, ela pode comer o cu dele. Cássio larga a faca e os bifes na pia. Ele lava as mãos e Emília fica de quatro no sofá esperando Cássio pegar uma camisinha. Ele volta do quarto com ela colocada. Cássio se ajoelha atrás de Emília, segurando o membro. Ela olha para ele e vê que Cássio está suando. Ele está olhando para dentro de seu cu. Cássio está se masturbando enquanto olha o cu. Emília anda um pouco para trás e antes de o esfregar na cara de Cássio, ele se afasta e diz que não consegue. Emília começa a se vestir e Cássio tenta impedi-la. Ele diz que comerá seu cu sempre que ela quiser e que ela poderá comer o seu a qualquer hora. Emília vai embora.

Cássio se masturba no escuro e dorme.

OOO.

A Robótica Sílex S/A já havia destituído um terço dos empregados quando um acidente de trabalho envolvendo uma máquina deixou Cássio com o ombro permanentemente caído. Ninguém soube explicar a falha na programação. O caso não chegou ao tribunal porque ambas as partes acordaram com a indenização proposta pela empresa. O advogado de Cássio o aconselhou a aceitar o valor proposto visto que a legislação ainda não prevê crimes cometidos por inteligências artificiais e as chances são de que se fossem a júri talvez não tivessem ganhado nada. Com o dinheiro recebido pelo processo, Cássio se aposentou e decidiu mudar-se para o antigo bairro onde morava quando criança.

Foi no fim de uma longa tarde quente que se viu caminhando sem rumo. Com o movimento na rua, Cássio nem se preocupou em pensar. Ele andou até onde era a loja de seu pai. O comércio não existia mais. Agora, um edifício residencial de cinco andares ocupava o terreno da loja. Ao lado havia um posto de saúde. Cruzando a rua, um café. Cássio entrou no estabelecimento, pediu um chá e observou o edifício por algumas horas, noite adentro. O novo prédio é afastado da calçada, tem um jardim na frente e não tem porteiro. Cássio viu que quem entra ou sai do edifício não precisa usar uma chave para abrir o portão. Ao som de uma viatura de polícia, ele voltou para casa.

    Todos os dias se resumiam a ir ao café, pedir um chá e ficar olhando a fachada do edifício. Nunca na mesma hora em dois dias seguidos. E nunca por muito tempo. Cássio olhava as janelas com cuidado. Cada dia escolhia uma em particular e se fixava nela. Aos poucos foi memorizando a rotina dos condôminos e do posto de saúde ao lado. Cássio também fez amizade com a dona do café, uma jovem. Ele perguntou há quanto tempo existia o lugar, e se por acaso ela sabia há quanto tempo o edifício do outro lado da rua estava lá. Ela disse que o café existe há sete anos, mas ela não sabia sobre o prédio. Um dia, ela sugeriu a Cássio experimentar outro chá porque ele sempre pedia o mesmo. Cássio fechou o rosto e disse que a ele não fazia diferença, pois havia perdido o paladar e o olfato anos atrás, quando da grande gripe. Ela ficou sem resposta.

    Alguns anos depois, após ter ido ao café, Cássio chegou em casa, ligou o rádio e foi tomar um banho. Ainda era de manhã. No meio do banho, uma notícia chamou sua atenção. O radialista comentava como os verões estão cada vez mais propensos a raios e, com isso, a possibilidade de incêndios aumenta. Antes que Cássio pudesse ligar o chuveiro novamente, ele escutou o nome da rua do edifício. Um incêndio. Cássio colocou uma roupa e foi andando o mais rápido que pôde até a frente do prédio. Muitas pessoas se aglomeravam do lado de fora do café. Cássio encontrou a dona do café e perguntou o que houve. Ela disse que do nada um barulho alto veio do posto de saúde e depois fogo. Cássio viu os bombeiros jogando espuma no transformador em cima do poste próximo ao posto de saúde. O fogo havia começado ali, mas se espalhou ao atingir o jardim do prédio, que estava seco e subiu pelas janelas. Bombeiros entravam e saíam pelo portão, tirando pessoas de dentro. As chamas consumiam toda a fachada do prédio. Cássio pôde escutar alguém resmungando no meio da multidão que cada um tem o incêndio que merece.

Cássio se aproximou tímido do portão. Ao sair, um grupo de bombeiros o interpelou e tentaram agarrá-lo para longe. Cássio resistiu e gritou que havia uma criança lá dentro. Os bombeiros o impediam de entrar. Eles queriam saber onde. Ele disse que havia uma criança nos fundos. Uma parte do grupo entrou mais uma vez no prédio e Cássio se afastou. Ele deu a volta na multidão, entrou no pátio do posto de saúde e seguiu pelo muro até os fundos. Cássio encontrou duas lixeiras próximas à parede. Com dificuldade, subiu numa delas. Espiou para o outro lado do muro e avistou uma passagem ligando o jardim aos fundos do prédio. Não havia um melhor lugar para descer. Cássio jogou metade do seu corpo ao outro lado do muro. Ele escutou os bombeiros voltando e jogou o corpo de volta. Se escondeu até eles passarem. Quando Cássio estava com a metade do corpo outra vez em cima do muro, sua perna em cima da lixeira perdeu o equilíbrio e ele caiu com o ombro ruim no chão. Ele tentou não gritar, mas demorou a se levantar.

Com passos lentos, Cássio seguiu o caminho e se aproximou de uma porta. Era um pequeno anexo ao edifício. Ele abriu a porta e entrou no escuro. A primeira coisa que Cássio notou foi o chão. Era terra. Não se escutava mais nada da rua. A fumaça cobria boa parte do anexo. Cássio continuou caminhando, colocando um pé após o outro, com muito cuidado, até tropeçar num buraco e cair no chão. Ele se recompôs e olhou melhor. Havia oito buracos enfileirados no anexo. Eles estavam vazios. Cássio se ajoelha na frente de um dos buracos e coloca as mãos lá dentro, mas não acha o fundo. Ele deita no chão e tenta outra vez, em vão. Forçando o corpo para dentro do buraco, Cássio ainda não encontra o fundo. Ele olha para trás e vê alguém se aproximando. A dúvida e o medo fazem Cássio se jogar para dentro do buraco.

OOOO.

É uma saleta sem mobílias e com pouca luz. Há uma porta. Ao abri-la, Cássio se depara com um longo corredor mal iluminado que parece não ter fim. Mas depois de andar alguns passos, ele vê que há outros corredores interligados. Há várias encruzilhadas, como um labirinto. Cássio sente uma passagem de ar. Ele a ignora. Sua visão se acostumou à baixa luz. Sua mobilidade se deu por vencida. Por fim, escolheu uma direção para caminhar até encontrar algo. Às primeiras dores em seus pés, Cássio sentara no chão para chorar. Cada corredor era mais do mesmo. Estendiam-se ao infinito, sem qualquer outro padrão discernível. A passagem do tempo se tornou uma memória e não uma experiência. Depois de muito procurar a saída, a única coisa que Cássio tinha por objetivo era encontrar uma resposta. O porquê de tudo aquilo. Andara sem pesar, sem pensamentos, sem moral, sem vida. Sua existência estava atrelada aos corredores sem fim, sozinho. Com o passar dos pensamentos, percebeu que sempre evitara a corrente de ar que soprava pelo ambiente. Pensou muito antes de aceitar para si mesmo a ideia de que devesse segui-la. No fim do rastro, tudo o que encontrou foi mais amargura. A corrente de ar terminava numa parede de concreto. Cássio passou a mão pela parede e podia sentir que um bafo quente se concentrava em um ponto específico dela. Sem o uso do jeito formal das palavras, o bafo quente cumprimentou Cássio. Era um espectro. Ou, como se apresentou mais tarde, Américo, um bafo quente à parede do esgoto esperando a condensação. A seguir, Américo contou sua história, do único jeito que pôde, pela telepatia.

Não há nada mais.
Não há mentira, negação, frustração, céu, cabides, húmus, mãos e vozes, nem humanismo há, exceto um minúsculo fio que ainda prende as memórias de uma vida que eu uma vez tive e o ar. O bafo que me tornei. Que condensa e talvez me dê um corpo novamente. Sem um corpo, de alguma forma, meus nervos se transformaram em elocubrações que agora percebem presenças. E sei que há coisas aqui. Mas só sei. Não vejo, não cheiro e não ouço. Mas sei. Sei que a parede tem ranhuras. Sei que é o esgoto. Sei que há muita merda. Sei que estou aqui há muito tempo. Sei que uma vez fui Américo e escutava as pessoas. Sei que houve um momento quando eu dizia que tudo iria ficar bem. Sei que elas me ouviam. Sei que elas tinham hábitos, repetições.
Repetições.

óiaqui um apaixonado
óiaqui um apaixonado
sua busca eu abrevio
é companheiro no navio

Aquele pássaro estava certo. Mas por causa do barulho ao redor, Cristóvão, que estava mais afastado, nem escutou. Só eu. E guardei esse segredo por muito tempo. Tanto tempo — até ser tarde demais. Tem segredos que são segredos pra sempre. Assim como os amores. Muito me impacientei por ter que esperar a hora certa. A hora que nunca houve. Nunca contei à minha mãe. Ela não entenderia. Ela talvez nem acreditasse em mim se eu dissesse de quando, na minha mocidade, Cristóvão e eu fomos a Cunha em São Paulo depois do simpósio, que ela me ajudou a pagar a passagem, e lá ficamos por três dias. Enovelados na cama e entranhados em possíveis sendas de um respirar muito humano. Cristóvão tinha a bela melancolia de um olhar caído e um olhar atento. Auspicioso em cada canto que nos metíamos, desde o primeiro café juntos até a feirinha na praça de Cunha, ao som do realejo.

    Cristóvão e eu nunca tínhamos visto um realejo. Foi na volta do Lavandário, depois de passarmos a tarde sob o céu da primavera entre as flores. Cristóvão havia parado seu carro para que eu descesse antes de ele estacionar e enquanto eu esperava a baliza, do fundo da rua vinha o som do realejo, que eu ainda não sabia o que era. Comentei com ele e ficamos no meio da rua escutando a música, parados. Segurando o dedo um do outro. Observando as casas. Os edifícios. Como eu desconfiava que aquele momento nunca mais iria se repetir. Por causa disso, tentei prestar atenção. Aos carros, às motos, aos sorrisos, às andanças fraternas e às andanças solitárias. Das esquinas, crianças que ainda não nos entendiam. Jogaram a bola pra nós e nos chamaram de nomes. Imaginação minha talvez. Seja como for, ouvi o que ouvem aqueles que querem ser acolhidos. "Estou aqui." — o primeiro som do nosso reconhecimento. E reconheci, naquela rua, a minha verdade. A de que também eu estava lá, no meio da rua, recortado pelas janelas de senhoras e senhores curiosos e vis. Marcação, destaque do imaginário. Os prédios gravam na gente o que nós gravamos neles. E de símbolo em símbolo, erguemos nosso bairro ao redor do marco zero de nós mesmos em uma orientação nostálgica. Ao poente fragilizado.

    Foi uma fratura que nos conduziu ao som do realejo. Havia sido ele que rompeu o casulo do nosso contexto. E por um breve segundo, nada mais importou. Não pensamos duas vezes quando o vimos. Fomos até ele e depois que o pássaro de dentro da gaiola nos agourou com uma rima, o músico fez tocar o pequeno órgão de dentro da caixa e Cristóvão pegou o bilhete da nossa sina, entregue pela ave. Bilhete do qual nunca li porque o acordo foi: "Lhe darei o bilhete da próxima vez que nos encontrarmos."

Passei muito mal depois da notícia da sua morte. Não trabalhei por talvez um mês. No fim, acabaram me despedindo do estágio na clínica e voltei a morar com a minha mãe. Tudo o que consegui dizer a ela foi que um amigo morreu. Um amigo muito próximo. Não me conformo em não mais sentir seu cheiro. Como na aquarela a água dá cor, o cheiro à memória dá coesão. E desde esse dia, me vi disjunto de mim. À época, eu não tinha dinheiro para ser paciente do Instituto mas, se tivesse, teria pedido para me transformarem no cheiro dele.

Anos mais tarde, ao término da faculdade, fui à biblioteca devolver alguns livros. Sentado na grama e olhando o campus pelo o que eu achava ser a última vez, me veio de novo aquele sentimento de como os prédios se gravam na gente. De como as nossas coordenadas emocionais também se organizam pela distribuição da matéria no espaço e como elas nos preenchem de ambivalências ora reais, ora imaginárias. E vez que outra, nos imbuímos de uma esperança apta a revelar imagens que nunca ousamos conceber. Eu me vi diante do realejo outra vez, em presença. Na presença. Sem pensar muito, meus pés já me dirigiam ao Instituto de Artes. Do lado de fora do prédio ouvi os músicos ensaiando alguma coisa e antes de abrir a porta eu já sabia que deveria entrar.

Eu não sabia exatamente o que estava procurando, nem se eu podia encontrar isso ali. Cruzei o hall em direção ao auditório e me sentei numa das penúltimas filas ao fundo para observar o ensaio das cordas. Após algum tempo, percebo que não estou sozinho. Há uma mulher que também está escutando o ensaio. Vejo que ela está segurando uma partitura e começamos um diálogo. Pergunto se ela é musicista. Ela é. Pergunto o que ela toca. Ela responde que é pianista, estudante. Pergunto se ela não conheceria uma música, se eu cantarolasse. Ela ri. Digo que é uma música que não sai da minha cabeça e nunca consegui descobrir o nome dela. Ela pergunta como é. Eu tento cantarolar a música do realejo. Ela sorri. Pergunto o que houve. Ela responde que, curiosamente, semana passada estava a praticar essa mesma música. Pergunto que música é. Ela responde que é a Meditação de Thais. Pergunto que meditação é essa. Ela ri. Pergunto de novo. Ela responde que é uma conversão ao cristianismo. Pergunto o que mais. Ela responde. Pergunto mais. Ela responde. Pergunto mais. Ela responde. Pergunto tanto que saímos de novo para eu perguntar mais. E ela responde. Pergunto mais e nos casamos.

 Desde então, não perdi uma única apresentação sua aqui no Brasil durante os nossos cinquenta anos de casados. Desmarquei pacientes em algumas ocasiões. Perdi prazos algumas vezes. Mas no fundo, nunca me cansei da música e ela também não. Se você ver o nome de Catarina Gonzales em algum lugar, pare e vá escutá-la. Ela já havia morrido quando conheci Senhor Emanuel.

 Meu último paciente era dez anos mais velho que eu e tinha dores das mais diversas. Senhor Emanuel, ao voltar do exílio, se tornou um desconhecido para si e sua família o obrigava a me ver, para descobrir se havia algo que eu pudesse fazer. Eu havia conhecido uma amiga de sua filha em uma festa há algum tempo e tive pouco contato com ela depois disso. Mas ainda assim, nos falávamos. E quando ele voltou ao Brasil, muito de si havia mudado. Senhor Emanuel, meu paciente das manhãs de terça-feira, sofreu torturas. Uma das quais o deixou levemente aleijado em um pé. Por ter passado pelo que passou, ele desconfiava de mim como terapeuta. Senhor Emanuel foi o paciente mais duradouro que tive. Nunca faltou a uma sessão. Nunca se atrasou, mas sempre teve dificuldade em sentir a si mesmo. Precisamos de muito diálogo antes de dar sequência ao tratamento. Por isso, nos vimos ao longo de muitos meses.

Há muitas maneiras de um paciente portar as mãos durante uma sessão e elas dizem muito sobre a sua pessoa. Há aqueles que colocam uma mão descansando no braço da poltrona, com a outra por cima. Há aqueles que, num primeiro momento, colocam as duas mãos sobre as coxas e conforme vão falando, elas deslizam e se escondem sob as pernas — alguns o fazem até sem se dar conta. Há aqueles que preferem as mãos como extensão do pensamento e as jogam para todos os lados. Há os apoiadores de cotovelo, os braços cruzados, vez ou outra os que largam as mãos em direção ao chão, os das mãos que seguram o braço de apoio ao queixo, os que lentamente contam os dedos, os que tamborilam o joelho, e os que cofiam o bigode ou barba. Minha esposa Catarina tinha a mania de encostar as pontas dos dedos umas nas outras, com batidinhas rápidas, fazendo um pequeno triângulo com as mãos. A única outra pessoa que conheci e que também fazia isso era o Senhor Emanuel. Ele tem o mesmo porte de mãos que a minha esposa tinha, seja falando ou ouvindo. Os dois são pessoas muito diferentes, exceto o manuseio das mãos. E toda terça-feira, ao abrir de olhos, eu acordava bem, sabendo que é o dia de usar a minha camisa vermelha que Catarina comprara para mim na vez em que foi se apresentar em Montevidéu. Mas um dia o Senhor Emanuel não apareceu. E por esse motivo, aquela manhã em particular me trouxe uma certa tristeza, acompanhada de uma azia que ficou comigo até o fim.

Quando o Senhor Emanuel não apareceu, suspeitei do pior e não pude dar um passo dentro de casa sem que meus movimentos se tornassem autoconscientes, pois quando a melancolia nos abate, a pele presta atenção a tudo. Nenhum telefonema completava a chamada. Minha única opção era tentar o contato com a amiga de sua filha. Porém, tanto a amiga quanto a filha se provaram serem becos sem saída. Todos os telefones que eu tinha guardado já não prestavam mais. À segunda terça-feira de ausência do Senhor Emanuel, comecei a dormir mais cedo. Na semana seguinte, comi menos e as dores nas minhas panturrilhas vieram. Na próxima, a filha do Senhor Emanuel me telefona e me diz o que eu já suspeitava. Ele havia morrido sozinho, em casa. E por um mês inteiro ninguém notou sua falta. Ele ficou trancado na sua casa por um mês. Alguém só o descobriu porque houve um incêndio em seu prédio e precisaram averiguar todos os apartamentos. O motivo da ligação de sua filha era para me avisar do enterro. Ela sabia quanto o seu pai gostava de mim e eu dele.

Depois que Catarina havia falecido, jurei a mim mesmo de nunca mais ir a um velório. E nunca fui, a não ser nesta última exceção. Agora, eles mandam uma máquina ler as últimas palavras ao morto. Cumprimentei sua filha, sua neta, e lhes dei meus pêsames. Caminhei até o cortejo aos fundos e esperei o caixão ser trazido por uma máquina em esteiras. Minhas pernas doíam muito e minhas panturrilhas pareciam prestes a ceder a qualquer instante. Os braços da máquina juntaram o caixão da esteira e o colocaram com cuidado no fundo da cova. O vento teimava em abrir a minha camisa. Ignorei. Mas eu deveria saber que era um prenúncio.

O vento me comeu.

O vento me gastou.

O vento me encheu.

Esqueci da dor nas pernas. Esqueci de fazer presença.

Ao chegar em casa, abri todas as portas e janelas. Coloquei para escutar a Meditação de Thais. Fui ao banheiro para enxugar o rosto. Vomitei no vaso. Tomei um banho, chorei e escorri pelo ralo, junto com as lágrimas.

Não há nada mais.

INTERMISSÃO

A quina da esquina (46') — média-metragem

d. Lucrécia Sandoval
(729 horas antes da Grande Bomba)

A quina da esquina

Dois amigos de mãos dadas. Um açougueiro carregando pão. Um dentista. Quatro pedreiros levando um poste. Um mendigo e sua túnica. Um reflexo na janela. Um veículo de seis rodas. A sombra de uma violinista. Um encontrão. Um ex--prefeito. Um armário de madeira. Dois quartos de hora. Um pedaço de papelão. Um poste recém-instalado. Um chinelo estourando. Um pedaço de papelão enredando no poste. Três carregadores e uma máquina de lavar. Uma mão com cheiro de nicotina vencida. Um gato preto ciumento. Um mendigo, sua túnica e um papelão. Um pigarro. Duas sombras de pomba. Uma baforada. Uma testa humana. Uma caixa de incensos romenos. Rafael Braga. Um futuro aviador. Um engenheiro levando seus projetos de paz à procura de financiamento. Um sósia de Stefan Zweig. Uma hora. Uma piscininha. Um menino e um boneco de escafandro. Um chinelo caindo da janela. Um encontrão. Três sombras emudecidas. Um grito. Um gringo. Um gafanhoto. Uma samambaia pesada. Um café derramado. Uns sete minutos. Wynn Bruce. Uma ex-comerciante. Uma mão anelada. Uma coluna do jornal esportivo com a manchete: "Em tempos de guerra, os DEUA não deixam de esquecer do baseball" Um toque. Um fotógrafo em treinamento. Uma loja inteira. Um pote de barro. Um mendigo, sua túnica, seu pedaço de papelão e uma coluna do jornal esportivo. Mestre Moa do Katendê. Uma nota fiscal. Um livro didático de geografia brasileira. Uma bicicleta azul. Um cabeleireiro. Uma baleiazinha. Uma bailarina. Um maço de cigarros. Um tipógrafo analfabeto. Um cadeado. Um cego tateando o poste. Uma tradutora de tcheco. Aaron Swartz. Uma criança sósia de Joan Baez. Uma muda de árvore. Um filhote de humano. Tybyra. Um gato preto ciumento. Uma prancha de surf. Um pônei marrom. Uma Torre Eiffel em miniatura. Um cartão-postal de Lima, Peru. Um uniforme antigo de motorneiro. Steven Donziger. Uma cigarra viúva. Meia alma. Uma malabarista. Um barista. Uma arista. Marielle Franco. Um pixo: "NÃO SE ESQUEÇA DE LAOS AQUI SERÁ PIOR" Um pensamento pascaliano. Um átomo de carbono. Um parágrafo mimoso escrito por uma inteligência artificial contestando deus. Uma concha da praia de Arroio do Sal. Uma criança comendo vento. Um anônimo de jaqueta. Paola Schietekat. Uma página solta de uma revista, com a foto de Edwin Hubble. Um dicionário de grego. Um relógio de pulso, de marca obscura. Três carregadores e uma televisão de tubo. Um estudante medíocre. Um estudante sem aspirações. Frei Tito. Um turista inglês recém-voltado de Ilha Grande. Uma estudante de física. Uma estudante flanando. Um estudante monotônico. Um estudante catatônico. Um estudante de revolta metafísica. Uma estudante lendo *Kant e o Ornitorrinco*. Um estudante fleumático. Um encontrão. Francesc Ferrer i Guàrdia. Um estudante tímido e vespertino. Um guarda de trânsito. Uma senhora sem sonhos bobos, brava. Três malabares: verde, azul e vermelho. Uma jovem estudante satisfeita por estar descobrindo a palavra *lornhão*. Um psicólogo, uma economista e um especialista em Wittgenstein. Um racista. Uma finlandesa carregando o quadro *O Jardim da Morte*, de Hugo Simberg. Amarildo Dias de Souza. Um gaiato desenvolto e sua bengala de cobre. Um mendigo e sua beterraba. Rosa Luxemburgo. Uma pomba em cima do poste. Uma professora de história boliviana. Dois cadernos lilases. Dois sapatos lilases. Dois olhos lilases. Uma anedota pendente dos lábios mais tímidos da Paraíba. Edson Luís de Lima Souto. Dois barbeiros com o mapa da Iugoslávia. Uma aprendiz de iorubá. Um escritor fugindo da responsabilidade de suas mentiras. Shireen Abu Akleh. Uma transeunte normal. Um bombeiro aconselhando um ex-pacifista. Um autista melancólico e seu souvenir da ilha de Boa Vista. Um sósia de Dmitri Mendeleiev. Abdulrahman al-Awlaki. Um policial. Gisberta Salce Junior. Uma abelha viajante. Uma heterossexual. Uma bituca de cigarro. Um encontrão. Brad Levi Ayala. Uma criança engolindo o choro. Um jovem espavitado. Uma xenófoba. Uns dias. Uma gota de chuva. Uma alma correndo. Um jornal esvoaçante. Uma folha de palmeira. Wesner Oliveira. Um segundo tipógrafo analfabeto. Um pedaço de papelão enredando no poste. Uma janela. Duas formigas. Um folhetim do teatro. Olga Prestes. Duas gotas de chuva. Uma bomba de chocolate. Um encontrão. Uma garrafa quebrada. Umas costas humanas. Três gafanhotos. Um maníaco. Um Antigo Testamento. Eliza Samúdio. Um arame farpado. Um par de calças marrom emprestado. Cinco pares de dedos garrafais. Uma tesoura de açougueiro. Uma maleta com chumbo derretido. Uma pepita de ouro amazônico. Um abraço casual entre dois poetas. Moïse Kabagambe. Um sapato belga. Uma memória turca do Chipre. Um dente de alho da festa de García. Uma garrafa emprestada do vizinho. Um "não me pergunte". Um decoro. Um nariz manso. Quatro mãos gélidas. Um cachorro cego, esbaforido e com medo do século XXII. Eloá Cristina. Uma arvorezinha de plástico. Um sósia de Hermeto Pascoal. Uma lira espacial. Um vizinho ensandecido com o descaso das suas propriedades privadas. Janusz Korczak. Uma criança com frieira entre os dedos. Um comentário político. Um comentário apolítico. Um matemático calvo. Madalena Santiago da Silva. Uma pera rolando pelo chão. Um pacote malcuidado com papel timbrado. Um bruxo espanhol. Uma mulher recém-despedida. Um quase atropelamento. Chico Mendes. Dois segundos. Um quase atropelamento. Dois segundos. Um encontrão. Amelinha Teles. Um pigarro semi-transparente. Um sorriso mudo. Uma falsa despedida. Um homem assexual. Uma cuspida. Um paraplégico em potencial. Um soco. Uma ex-matriarca. Uma pera contaminada. Uma discussão sobre o lugar. Uma castanha-de-caju. Um argumento limpo, polido e articulado. Uma chacota por desvio de caráter. Uma lambida na orelha. Um espaço de tempo azul. Um boletim maculado. Uma passada de pano na comorbidade urbana. Um jaleco tingido de esperanças. Um inventariador cleptomaníaco. Uma situação ardilosa de um enlace borromeano. Uma molécula de hidrogênio enlameada. Um devoto da vida paulista. Bruno Araújo Pereira. Um anti-ser-humano. Uma moradora devolvendo seu gramofone. Um entregador de jornal narcoléptico. Um homofóbico. Um pintor que pintou o quarto do avô do criador do Twitter. Um sogro de um sogro de um sogro. Uma fita azul. Um encontrão no poste. Um caminhoneiro canhoto de Osasco. Um velho grumete, futuro astronauta. Um padeiro malemolente. Uma menina com dificuldade nas vírgulas. Um suspiro da loja de doces. Um xenófobo. Uma lasca de madeira. Uma união estável. Um trepidar intermitente das válvulas do aparelho de som. Uma hora. Um bater de asas. Duas rodas de uma Brasília subindo na calçada. Uma sombra sobre duas amantes. Um vento. Um vento. Um vento. Um vento. Um vento. Um vento seco. Um vento. Um vento. Um vento. Um vento. Um dia. Dois monges beneditinos e um babuíno de bunda roxa. Um ladrão. Um tintureiro epiléptico. Dom Phillips. Uma roldana de persiana. Um pão baguete almiscarado. Uma maçã interrompida.

Um cartomante húngaro. Uma pessimista indecorosa. Um baluarte da civilização ocidental. Uma prece a Hermes Trismegisto. Uma canção de inverno. Um comentário narcisista. Alex Recarte Vasques Lopes Guarani Kaiowá. Um sósia de Tim Maia. Uma tartaruga de brinquedo. Um cadáver adiado. Um professor carregando o *Manifesto Russell-Einstein*. Um racista. Um arquiteto de panópticos. Um advogado de causas extratemporais. Uma mãe e dois bebês elefantes. Nenhum ninja. Um fazedor do dicionário de coisas pequenas. Um maníaco. Um pai com dor de dente. Um boneco de teste de impacto. Dois cães carecas. Uma pintora de sexos. Uma sósia de Lucrécia Martel. Uma jiboia. Dez minutos. Um zelador do zoológico de Schrödinger. Genivaldo de Jesus Santos. Três irmãs donas de hotéis. Ghaith Yamein. Uma bicha e sua panela com guizado. Um caminhante da Transnístria. Uma senhora carregando um exemplar das *Micro precognições para ler com o olho do cu*. Um pedaço de jornal com a notícia "Os Dois Estados Unidos da América intensificam combate pela Amazônia. Especialistas alertam para possível uso de bombas de hidrogênio sobre o Brasil". Rai Duarte. Um sósia de Ricardo Darín. Ghufran Warasneh. Teu pai. O dedo do teu pé. Marcelo Camilo. O filho que você quase teve. Tua mãe. Teu melhor amigo. Teu professor favorito. Teu ex-colega venenoso. Kalief Browder. Tua tia. Tua parceria de crimes. O ex-amor da tua vida. Teu vizinho sórdido. Maxciel Pereira dos Santos. Teu inimigo. Teu retrato. Tua imagem de verdade. Teu projeto inacabado. Keron Ravach. Teu choro engolido. Tua repartição. Tua mesa. Teu chefe. Sebastián Moro. Tua passagem de ônibus. Teu caminhar esquisito. Tua voz frouxa. Tua marca de nascença. Tua testa. Edinaldo Manoel de Souza Atikum. Teu acidente. Teu siricutico. Teu saracoteio. Tua palavra ignorada. Diego Vieira Machado. Teu sorriso. Tua pele. Teu futuro amor. Abeer Qassim Hamza al-Janabi. Teu pátio favorito. Teu nariz. Teu cheiro. Tua manicure. Tua visão. Tua roupa íntima. Beatriz Oesterheld, Diana Irene Oesterheld, Estela Inés Oesterheld, Marina Oesterheld e Héctor Germán Oesterheld. Teu prédio. Tua infância. Tua criança viada. Marcelo Arruda. Teu amor. Teu dengo. Ari Uru-Eu-Wau-Wau. Teu espírito. Tua carne. Márcio Moreira Kaiowá-guarani. Teu Eu.

FIM DA INTERMISSÃO

As despossuídas

(667 choros antes da Grande Bomba)

Mancha solar: silhueta andrógina. Acenou a nós aqui na Terra, com o rosto de lado. Fez um leve abano e se virou. Foi embora. Eu entendi a mensagem. Meus braços longos, compridos e enrolados ao redor da cintura, segurando minha filha no colo, sem peso algum. Ela dormia. Não pude esperar mais. Minhas mãos se afundaram em seu rosto e espremi ele todo até virar areia. Era só o rio. A casa de máquinas. A cabine. Só se escuta o motor ao fundo. Eu suava. Pensei em tomar um banho, mas achei melhor sair e ver a margem, sentir um vento. Tomei um pouco de água, lavei o rosto e fui até o parapeito logo em frente à cabine. O susto ainda me fazia tremer e tive dificuldade para andar até a beirada. Acho que ela notou eu chegando. Não vi mais ninguém no deque. Devo ter ficado escorada na coluna um bom tempo até ela decidir vir falar comigo.

— Você está bem?

— Sim. Eu tive um pesadelo, só isso. É apertado aquele quarto. E escuro demais. Você não acha?

— Sim, mas pelo menos você conseguiu dormir. No meu quarto eu fico com a impressão de que estou dentro do motor do barco. Tenho o sono leve. É bem difícil dormir lá.

Ela parecia bem cansada. Não sei que horas eram, mas não estava tão escuro por causa da lua. Dava para enxergar a margem e algumas casas. Não havia mais ninguém acordado no nosso andar, mas ainda se ouviam conversas no deque abaixo. Tentei lembrar se havia visto ela ao longo do dia, mas não consegui dizer. Sua pergunta me tranquilizou.

— O que foi?

— Como?

— O seu pesadelo. O que foi?

— Oh, eu... minha filha estava em perigo. Tentei ajudar ela, tentei fazer alguma coisa, mas nada do que eu fazia funcionava e me desesperei. Achei que fosse perder ela para sempre... Você tem filhos?

— Não, não tenho.

Ela preferiu jogar o olhar reticente à água, não a mim, e ficamos em silêncio. Mas tive vontade de falar.

— Você já fez esse caminho antes?

— A Santarém? Sim, quando eu era pequena. Com a minha mãe. Nunca mais peguei o barco depois disso. E você?

— É a minha primeira vez.

— A passeio?

— Não exatamente. Talvez sim. Eu não sei, na verdade. Não me planejei para isso. Eu estava voltando para casa, de Manaus, mas perdi meu voo. Eu estava sentada no saguão, pensando, olhando para todo mundo, e foi, acho eu, a primeira vez que não tive hora. Eu não tinha nada. Nenhum lugar para ir. Nenhum compromisso. Nenhuma tarefa. Longe da minha filha. Até eu voltar ela está bem, está com a minha mãe por enquanto. Mas, sentada lá, no meio de todo mundo, fiquei sem saber o que fazer. Sem saber para onde ir. Desculpa, não quero te encher de coisas, é só que ainda não tinha colocado tudo isso em frases.

— Não, está tudo bem. Mesmo. Que idade tem a sua filha?

— Ela tem três.

— Espero que você não se importe se eu perguntar, mas se isso não é um passeio, é o que pra você?

— Bem, aí é que está. Talvez seja um passeio e talvez não seja. Eu ainda não sei. Primeiro, não tenho o costume de viajar. Nunca simplesmente saí para algum lugar. Uma razão é... era o trabalho. A outra, minha filha. Acho que ainda tenho preocupações com não estar sempre com algo em mãos. Um projeto, um estudo ou... um estudo. Nunca me afeiçoei ao parar. Até agora.

— O que mudou?

— Meu avô. Ele... faleceu recentemente.

— Sinto muito.

— Eu também. Eu também. Quando descobri que havia perdido meu voo de volta, a única coisa que consegui pensar foi em fazer algo diferente. Algo que eu normalmente não faria. Senti a vontade de me colocar numa situação difícil. Estar aqui é difícil. Tenho dificuldade para pisar em lugares novos. Enfim, acho que foi o momento de colocar as coisas em perspectiva. Parar, finalmente. Respirar. E eu já tinha ouvido falar dessa viagem. Imaginei que o tempo aqui passasse diferente. Quis ver por mim mesma, saber o que o rio nos mostra. Lembrar, pensar e repensar sobre o meu avô é algo que martela constantemente na minha cabeça. Fazia tempo que eu não via ele. Não moramos... morávamos perto um do outro e ficava difícil para mim conseguir tempo para visitá-lo. E minha mãe também mora longe. Não porque queríamos. A distância com meu avô sempre existiu. Ele sempre preferiu assim. Mas ele não era um mau avô. Era só o jeito dele. Meu nome é Silvana. E o seu?

— É um pouco diferente. É Erê. Coisa da minha mãe.

— E você? Por que vai a Santarém?

— Eu vou a Santarém pra me desfazer da minha casa de praia. Não minha. Da minha mãe. Ela tem uma casa em Alter do Chão. Eu quero vender ela. Preciso tratar de contratos com a imobiliária, dar uma última olhada pra ela, dormir no meu quarto mais uma vez, deitar na varanda e lembrar do cheiro do banheiro. Tenho algumas coisas minhas que deixei lá. Alguns livros. Cadernos. Fotos. Minha mãe gostava muito daquela casa.

— E por que você está vendendo ela?

— Não consigo mais manter uma casa na praia. Era minha mãe quem cuidava dela. Ela morreu há algum tempo já. Faz alguns anos.

— Sinto muito por isso.

— Está tudo bem. E talvez seja hora de se desfazer da casa. Era minha mãe quem usava mais. Ela gostava bastante. Mas eu nunca fui muito da praia, apesar de nascer e crescer em Recife.

— E por que ir de barco e não de avião até Santarém?

— Ah, pela lembrança. Pra tentar lembrar de como era ficar no parapeito com a minha mãe do meu lado, escutando o balançar das redes e a música no bar. E o rio. Não lembrava dele também. Ele estava quase se apagando da minha memória. Não pretendo voltar pra cá tão cedo. Na verdade, não é só por isso. Não gosto de aviões. Minha... mãe... morreu num acidente de avião.

— Parece que nós duas temos a sina de perdermos pessoas de forma trágica.

— Por que você diz isso?

— Meu marido. Ele morreu num acidente de carro.

— Que horrível.

— Sim, foi... foi muito difícil.

— Quantos anos ele tinha?

— Ele tinha 35. E sua mãe?

— Ela tinha 56. E seu avô?

— Ele tinha 91.

Por alguma razão rimos juntas.

— Ei, múltiplos de 7.

— Você é rápida.
— Faz parte. Saber essas coisas.
— Você trabalha com números?
— Trabalho. Trabalhava. Eu me demiti ontem. Foi por isso que fui a Manaus.
— O que você fazia?
— Eu assinei um contrato de discrição e não posso falar sobre isso por... 7 anos!, veja só. O que eu posso dizer é que era ou não com computação na Robótica Sílex S/A. Inteligência artificial, mais especificamente. Devo dizer que comecei estudando matemática, mas fui parar na programação.
— E como foi isso?
— Sempre gostei de números. Simples assim. Agora, os softwares não foram um plano meu.
— Seu marido?
— Não... Isso foi coisa do seu irmão. Mas meu marido era um matemático também. Nos conhecemos na faculdade. É... complexo.
— Os softwares?
— Pessoas.
— O que houve?
— Bem, acho que não tenho porque não contar isso a você. Foi uma coisa só. Eu... fiquei com o seu irmão... depois que ele morreu. Como eu disse, foi coisa de uma vez só. Nós não estamos juntos. Nós temos uma filha, mas não somos casados. Obviamente, nenhum de nós dois planejou isso. Ele me ajuda com a Carol. Ele gosta muito dela, sem dúvida. Mas a sua família não. Depois que a Carol nasceu ele se afastou da sua família. E sua família se afastou dele, e de mim. Quando meu marido morreu, nós nos aproximamos. Foi inevitável. Ele me ensinou muito. E eu gostava. Os meus primeiros passos na programação foram por causa dele. Do irmão do meu marido, pai da minha filha. Eu já contei essa história

mil vezes e sempre parece estranha. Um amigo nosso até escreveu um livro sobre nós. E acabou ganhando um prêmio, você acredita? Essa é a minha história.

— Minha nossa. É... diferente.

— Diferente é o que aconteceu com meu avô. Ele foi encontrado morto no seu apartamento. No meio de um incêndio. No meio de um incêndio. O prédio pegando fogo e encontraram ele no meio do apartamento, sentado na sua poltrona. Ele já estava morto. Fazia um mês mais ou menos. Num mês inteiro eu não liguei para ele. Nem minha mãe. Um mês inteiro ele ficou sentado na poltrona dele. Esperando. Aguardando alguém bater na porta. À espera de que alguém o notasse. Mas ninguém veio. Ninguém soube que ele estava morto. Eu me culpo por isso. Porque foi preciso um incêndio inteiro para saber que ele já estava morto. Por quê? Não faz sentido.

— Não foi culpa sua. Você não tinha como saber. Foi por isso que você se demitiu?

— Antes fosse. Eu acho que preferiria assim. Mas já passei muito tempo olhando pela janela e me perguntando o que é que eu queria. Do que eu queria tirar disso. Eu só pensava na dor. No fato de que ele esteve sozinho todo esse tempo. E me concentrei muito nesse ponto. Nessa bola que não me desceu a garganta por semanas. Aí veio a missa e o enterro. Conheci seu terapeuta, inclusive. Ele esteve lá. Um senhor muito simpático. Mas não foi isso tudo o que me incomodou. Você sabe, moramos num mundo de devota apatia. Mesmo sem saber, contribuímos. De alguma forma, essa máquina da desolação é alimentada por nós. E ela joga de volta o que colocamos dentro dela. Você já ouviu falar da automatização funerária?

— Sim. Minha mãe passou por isso. Todos que estavam no acidente passaram por isso. Máquinas procurando os sobreviventes. E máquinas procurando os corpos. Lembro de ver na TV.

— Pois, o nosso mais novo quinhão civilizatório. Ao que consta, é a tendência das megalópoles. Não há mão de obra suficiente para muita coisa na cidade. Enterrar gente é coisa de máquina agora. E por ser coisa de máquina, me meti nessa. Eu não sabia disso até ver meu avô sendo transportado por uma esteira e levado até o cemitério, onde jaz. Mas não foi isso. Eu fiquei incomodada ao ver a logomarca da Robótica Sílex S/A na esteira. Eu fiquei incomodada ao ver o caixão do meu avô sendo manipulado por braços mecânicos. Mas também não foi isso. Tive um choque sim, ao saber que a empresa que eu trabalhava fazia esse serviço. Porém, esse não é o único serviço que ela faz. O meu trabalho tinha a ver com a programação de uma inteligência artificial. É a principal patente da empresa. E por isso, era mantido em segredo. O que colocava todos os programadores em uma situação de ignorância. Não tínhamos a visão do produto final. Que era o discurso. O discurso também é um serviço. As palavras hoje também são mercadoria. Você deve saber. Muitos empregos são maquinados. Onde há muita informação, as chances são de que há uma inteligência artificial por trás de tudo para lidar com os dados. Como, por exemplo, nos funerais. Devido às taxas de mortalidade que aumentam a cada ano, seja pelas mudanças climáticas ou pela violência, mais pessoas morrem. Se mais pessoas morrem, mais missas acontecem. Se mais missas acontecem, mais discursos são necessários. E quanto mais a palavra é precisa, maior o seu valor.

— O que você está dizendo?

— Com mais informação, as chances são de que há uma inteligência artificial por trás de tudo para lidar com os dados.

— Você está dizendo que as missas são feitas com uma inteligência artificial?

— É muito difícil de acreditar?

— É. Sim.

— Eu demorei para acreditar. Quando vi o padre lendo as palavras do tablet, achei estranho. E depois fui ver com ele o porquê. Ele me mostrou o aplicativo e disse que todas as igrejas estão fazendo assim agora. E não só as católicas. É um mercado como qualquer outro. A inteligência pega os dados da pessoa na internet e monta um discurso a partir de sua vida. O padre apenas lê. E foi isso. Foi isso que fez eu me demitir. O meu trabalho serviu para criar discursos falsos. Quantas pessoas não ouviram o que eu programei? As palavras que a inteligência artificial escolheu para o conforto vieram de um programa que eu ajudei a construir.

— E o que você vai fazer agora?

— Parar. Eu quero parar. Vou tirar essa viagem para não estar em algum outro lugar. Eu só quero estar aqui agora.

— Estar aqui é um bom plano. Eu nem imagino o que é passar por tudo isso. Acho que eu teria feito o mesmo. Acho que eu teria subido a bordo de um barco pra Santarém igual. E talvez vindo ao convés pra conversar com um estranho sobre tudo isso. Não culpo você.

— Não lembro de ter visto você antes. Você subiu no meio do caminho?

— Não, subi em Manaus. Mas minha cabine é aqui embaixo. Como você pode ouvir, tem gente conversando lá agora.

— Você quer ir ao bar tomar alguma coisa?

— Claro.

Escada, luzes e corpos. Erê caminhou na minha frente e pude sentir seu cheiro o caminho todo. Haviam poucas pessoas. Em uma mesa jogavam cartas. Em outra, bebiam.

— Você quer uma cerveja? Eu pago.

— Eu aceito. Obrigada.

— E o que você faz?

— Eu advogo. Que nem a minha mãe.
— E como é?
— Pra ser sincera, sempre foi muito mais uma coisa dela do que de mim. Não que eu não goste, mas não amo. Nunca tive tanto tesão pelo direito. E não me importei em seguir os passos dela. Não é confortável, dá pouco dinheiro, até certa medida. mas é o que eu sei fazer. Às vezes me dá a sensação de ter empacado numa posição. Num papel. Como se as expectativas dos outros fizessem a principal rédea da minha vida. Todo mundo queria que eu fizesse o mesmo caminho que a minha mãe. Ela também, claro. E no fim, foi o que fiz. Aprendi muito bem a seguir os passos dos outros. Não sei dizer se eu me arrependo. Não acredito que tenha sido em vão. Porque aprendi coisas. Eu não esperava as histórias. A raiz das coisas são as histórias. Você precisa de uma história pra confirmar ou negar um fato. Você precisa de uma história pra encontrar um culpado. Você precisa de uma história pra determinar um inocente. Você precisa de uma história pra saber se houve um crime. Você precisa de uma história pra descobrir a relação entre as pessoas. A história se apresenta como uma necessidade. A história é necessária. É como um fio comprido que damos um nó ao redor de um acontecimento para marcá-lo e não esquecermos de que uma vez aquilo existiu. As histórias são as amarras que conseguimos dar às coisas intangíveis. Elas ligam pontos. E pessoas.
— Você tem alguma história?
— Teve um caso uma vez. De quando eu estava na assessoria jurídica. Eu era bem jovem. Foi a primeira história que me deixou sem dormir. Eram duas irmãs, mais velhas, com pouca instrução. Elas não tinham terminado o colegial. E também não tinham mais ninguém. A razão da vinda delas era por uma disputa de um terreno. Uma delas não falava muito. Mal olhava pra nós. Sempre com a cabeça

baixa. A outra tinha um pouco mais de abertura. Mas não muito mais. Muitas pessoas se intimidam com o ambiente. Pode ser um lugar hostil, dependendo do caso. Nunca se sabe. Enfim, elas vieram até nós. Entraram, sentaram. Se apresentaram. A mais velha tomou a frente da discussão. Ela começou por contar sobre a casa onde cresceram. Era uma casa na roça, com um galinheiro anexado a ela. A irmã mais nova nos explicou como funcionava o galinheiro, como se trocavam as galinhas, como se dava comida. Nos falou sobre os pintinhos. Os ciclos de reprodução. O tamanho das gaiolas. O material usado pra fazer elas. E, por último, nos contou sobre a outra irmã.

 A cerveja chegou e ela esperou o garçom ir embora para continuar.

 — Havia uma terceira irmã. As pessoas quando contam os casos pra nós, geralmente deixam o que importa pro fim. Ela preferiu deixar a irmã mais velha continuar essa parte. A outra irmã era a mais nova das três. E por ser a mais nova era a ela que as duas irmãs faziam peças. Contar mentiras, como "você foi adotada". Trancar ela em lugares, como armários, e soltar no fim do dia. Houve uma vez quando as mais velhas armaram uma história dizendo que era pra irmã mais nova ir buscar alguma coisa no galinheiro. Foi um dia em que os pais delas deram uma saída e só as três ficaram em casa. Quando a irmã mais nova entrou no galinheiro, as duas trancaram ela lá dentro e foram à fazenda do vizinho caminhando. Ao fim do dia, quando elas chegaram de volta na fazenda, a casa havia pegado fogo, junto com o galinheiro. A irmã foi carbonizada. O pai delas e as outras pessoas da região expulsaram as duas. Mandaram elas irem embora. E elas foram.

 — E o que houve?

 — Elas caminharam pela estrada até passar um carro. Em estado de choque não conseguiam dizer nada. E ninguém soube quem elas eram. Com o tempo, foram parar num lar para órfãos. Quando cresceram, saíram do lar e moraram juntas. Trabalhando onde conseguiam. Alguns anos depois, elas vieram morar em Recife e descobriram onde era a fazenda. Descobriram que o pai e a mãe já tinham morrido, mas não sabiam sobre a fazenda. Por isso elas vieram à assistência. Para saber se era possível voltar. Para saber se a fazenda era delas. Depois do incêndio, elas nunca mais tiveram uma casa própria. Nem patrimônio.

— Despossuídas.

— O quê?

— Elas eram despossuídas.

— Acho que pode se dizer isso.

— E elas conseguiram? A fazenda.

— O processo ainda estava em andamento quando eu saí da assistência. Com o tempo parei de procurar notícias.

A mesa onde jogavam cartas está vazia. Mal se escutam as conversas da mesa onde bebem. As primeiras gotas de chuva começam a cair no rio. E Erê está feliz, eu acho.

— O sonho que eu tive... Não foi bem como eu contei a você. Eu não estava... tentando salvar a minha filha. No sonho eu apertava ela. Apertei tanto que a transformei em areia.

— Areia?

— Sim, areia. É estranho porque eu não vou à praia há muito tempo. A última vez que eu fui a praia foi com a minha mãe e... meu avô. Tinha esquecido disso.

— E o que vocês fizeram?

— Eu lembro de nós caminhando na orla da praia. Molhando os pés. Eu era pequena. Ele me levantava se uma onda maior vinha. Que coisa. Não lembrava disso. Uma hora ele me parou e se ajoelhou na minha frente. E disse que ia me apertar até eu virar areia. Fiquei com muito medo porque ele começou a me perseguir pela praia e eu acreditei que fosse mesmo virar areia. Mas não foi por maldade. Foi de brincadeira. Esse dia foi muito bom porque nós visitamos uma floricultura na volta. Meu avô ficou assombrado com a mirta vermelha. Você já viu ela? Ele ficou um bom tempo observando as flores. Não sei o que ele queria com elas. Mas ver ele ajoelhado procurando alguma coisa nelas me marcou muito. Escuta. Eu tenho uma ideia. Você não precisa ir se não quiser. Mas e se a gente fosse numa floricultura em Alter do Chão? Eu adoraria ver uma mirta vermelha mais uma vez.

— Eu gostaria de ir. Não conheço, nunca vi uma.

— Está combinado então.

— Está combinado.

A cerveja tinha acabado e a chuva foi embora.

— Você está cansada? Acho que vou tentar dormir de novo.

— Um pouco.

— Que tal tomarmos café juntas amanhã?

— Parece uma boa ideia.

Nos despedimos e cada uma foi para o seu quarto. Deitada, não consegui parar de pensar no passeio à praia que me fez de repente um alarido no fundo da minha cabeça e me deixou tonta. Era o mar, a cabine. Não azul, mas da cor do sol. Com ondas de ir e vir sobre a areia. Areia que cobria uma embarcação. Enferrujada. Torta. De três andares. Vazia, exceto pelos dois corpos chamuscados agarrados um ao outro no deque. Éramos nós duas? Mornas ainda, e vivas, com a pele seca ao ar da tarde. Acordei e saí mais uma vez. Erê estava no mesmo lugar de antes.

— Oi, o que você está fazendo aí?

— Oi. O que *você* está fazendo aqui?

— Não consegui dormir. Outro pesadelo.

— Também não consegui dormir. O barulho do motor... mais as vozes... Agora, estão falando sobre aquele lutador, o que levitou para fora do ringue, você lembra dele? Eu nem sabia, mas parece que a filha dele é alguém importante hoje, fundadora do não-sei-o-quê para pessoas que querem ser outra coisa. Você já ouviu falar sobre isso?

— Ontologia clínica. Eu tenho uma amiga que se inscreveu para ser um logaritmo. É só mais uma promessa de milagre na Terra. Eu agora só quero sair desse barco. Não aguento mais. Pensando bem, acho que não foi uma boa escolha fazer essa viagem. Minha cabeça dói. Minhas costas doem também. Eu só quero chegar em Santarém e ir à floricultura ver a mirta vermelha. Quero pensar no meu avô. Só pensar nele e não falar, não discutir com ninguém, passear pela imagem que ainda tenho dele. E ir dormir pensando nisso. Nem o sono teremos mais... Em breve, tudo o que teremos é a vigília. É bom aproveitarmos o que ainda temos. Às vezes eu acho que alguém ainda há de conjurar uma entidade para evitar que nos matemos. Escute, preciso lhe dizer algo. Mas não se assuste. Isso não irá acontecer quando estivermos aqui, será bem depois. Haverá uma guerra. E ela não terá nada a ver conosco. No entanto, seremos mortos. Vê. Esse rio será radioativo. Ele será navegado apenas por ignorantes. Aqueles que passam muito tempo sobre ele em breve começam a perder a memória e a força dos músculos. Isso é importante saber porque sem memória a única defesa do corpo é a violência. E seremos mortos duplamente. Primeiro, por eles e depois, por nós mesmos. A luta virá até nós. Porque sim. Seremos amedrontados por eles porque nós temos aquilo que temem. A possibilidade de vida. Seu alvo será aqui. Enxergarão aqui como enxergam qualquer commodity. O problema é que acreditam na visão chauvinista do carbono. Consequentemente, a forma de vida baseada em carbono só importa para ser destruída. Houve, há e haverá formas de vida outras.

A criança que se escondeu nas sombras atrás de Erê e Silvana estará escutando. Ela caminhará até o parapeito da embarcação, subirá na amurada e se jogará na água.

Sombras elétricas

(2 teoremas matemáticos descobertos depois da Grande Bomba)

-1

O carro abandonado na estrada continua lá. Acordei e o vi logo quando abri a janela. A neblina já havia levantado e o trânsito estava leve. Os outros carros apenas reduziam a velocidade e desviavam. Durante o café da manhã escutei uma batida, mas não me apressei. Escovei os dentes e fui até a faixa. Era um daqueles veículos minúsculos e com piloto automático que havia batido. O carro abandonado sofreu não mais do que um amassado na parte traseira. Porém, ameaçou invadir a outra pista. De dentro do veículo automático alguém gritava por mim. Eu era a única presente. E não havia ninguém para me ajudar. A chuva começou e corri de volta para casa. Não pude mais escutar os gritos, mas da janela do quarto ainda era possível ver que alguém se contorcia dentro do veículo automático. As portas não abriam. E então vieram os trovões. Por medo, fechei a janela e me refugiei dentro da banheira.

 A casa inteira treme a cada raio. Tio I. disse para contar o tempo que leva desde o clarão até a casa estremecer e se o tempo entre uma coisa e outra for diminuindo é preciso entrar no calabouço, junto dele. Mas isso não aconteceu. Os raios estão bem longe.

-1

Ontem, os raios só pararam no meio da noite. Com o silêncio, consegui dormir algumas horas, mas algo me despertou e saltei da banheira, cheia de dores no corpo por dormir apertada e na pedra. Meu primeiro pensamento do dia foi: O que teria acontecido lá fora? Abri a janela e vi os dois carros na estrada. A porta do veículo automático estava aberta. Comi restos do que M. me trouxe anteontem e escovei os dentes. Eles continuam amarelos.

    Não consegui achar nada para fazer e pensei em ir até a faixa de novo. Quem estava no veículo automático havia tentado fugir. Uma mulher. Agora ela estava estirada no chão, carbonizada. Fora atingida por um raio. Os carros que vinham diminuíam, olhavam e desviavam dela. No resto do dia não choveu. Mas fez muito calor.

-1

Fui pescar com M. Ele engordou. Não sei como e ele não quis me dizer. Não pescamos nada.

-1

M. morreu. Ainda não descobri como ele engordou. Não achei nada na casa dele. Agora Tio I. e M. estão no calabouço.

-1

Aguaceiro. Hoje choveu muito. Enlameou o pátio todo. Minha bicicleta quase foi levada pela segunda vez. A primeira, serviu de aprendizado para prender ela bem na cerca. Choveu tanto que a casa de M. quase abriu ao meio. Quando veio o sol no fim da tarde, peguei a bicicleta e saí. Andei até a usina, quase caindo diversas vezes por causa da lama. A polícia quase me viu entrar no terreno abandonado. Fiquei com muito medo de não voltar.

Não havia nada de interessante na usina.

-1

A luz voltou por uma ou duas horas. Só fui perceber porque o telefone tocou. Mas foi engano. Pensei em ligar para alguém, e quando lembrei de um número a energia foi embora. Vi um bombardeiro de tarde. Acho que era americano.

-1

A polícia tirou os dois carros da estrada e os deixou no acostamento. Quando foram embora, corri para ver o que tinha dentro dos carros, mas a vila inteira já estava lá quando cheguei. C. me perguntou se eu havia visto M. Eu disse que não. C. tinha um olhar triste quando se afastou.

O ar hoje estava muito carregado, fazia tempo que não sentia gosto de ferrugem na boca. Quis perguntar a C. se ele sabia onde foi que jogaram bomba ontem, mas já havia ido embora.

-1

Voltei à casa de M. para procurar comida e encontrei C., provavelmente fazendo o mesmo. Não contei a ele que M. havia engordado. Com a chuva de alguns dias atrás, uma parede da casa havia cedido e quase tombado. Uma rachadura cortava a casa do térreo até o segundo andar. Não fosse esta fresta revelada, nunca desconfiaríamos que havia um porão na casa de M. A fresta, no entanto, era muito estreita. Nem C. nem eu podíamos passar. Mas olhando por ela era possível ver que o porão abrigava coisas, era uma espécie de depósito. Vasculhamos a casa à procura de uma passagem e não a encontramos. Nos voltamos para o que acreditávamos ser o óbvio: uma portinhola no chão ou algo parecido. Quando terminamos de arrancar a última tábua de madeira do piso, perdemos a esperança, pois não havia conexão alguma do piso com o porão. Ao início do anoitecer, C. e eu discutimos sobre o que fazer. Chegamos à conclusão de que, se usássemos velas e adentrássemos a noite atrás desta jornada, a vila inteira saberia que estávamos ali procurando alguma coisa. Logo, deixamos para continuar procurando uma passagem ao porão para amanhã.

Não consigo dormir. Acho que se e

Parei de escrever porque escutei um bicho estranho e fazia tempo que nenhum bicho aparecia. Tentei descobrir de onde vinha o barulho mas não encontrei nada. Não havia sinal de vida no bosque. No pátio dos carros também não. Deve ter fugido ao me escutar chegando perto. No caminho de volta vi D. e F. se picando. Acho que não me viram. Não é a primeira vez que os flagro fazendo isso. Tio I. sempre me alertou para manter distância dos dois. Por acaso, uma vez os vi na usina. Procuravam alguma coisa dentro dos reatores. Nunca descobri o quê.

-1

Depois de termos certeza de que ninguém nos seguia, C. e eu voltamos à casa de M. O único traço de que em algum momento alguém morou lá um dia são os livros. Há livros por toda parte. Revirei tudo que é canto e em cada novo lugar o que mais se via eram os benditos livros. Depois de quase um dia inteiro descobrindo compartimentos secretos, pois havia muitos, finalmente desvendamos o mistério do porão. Seu acesso não se dava pelo primeiro andar, como era de se supor, e sim pelo segundo. Num dos quartos, ao lado da escrivaninha, em uma ranhura ocultada por um quadro há um mecanismo, uma manivela secreta, que, se manipulada na pressão correta, abre um alçapão na parede, grande o suficiente para um adulto de pequenas proporções entrar. Como C. é mais alto, fui eu quem entrou.

À essa altura já não sabíamos se era M. quem havia arquitetado os engenhos da casa ou se eles já estavam lá antes de todos nós chegarmos à vila.

A rachadura na parede da casa foi de grande valia porque permitia a luz adentrar no porão. E foi com auxílio de sua luminosidade que o acesso do vão na parede revelou as ranhuras que o arquiteto projetara especificamente para colocar as mãos e pés até lá embaixo. Com dificuldade, cheguei ao porão. O esforço de descer estirou os músculos dos braços e fiquei com medo de não conseguir voltar. Em meio ao pânico, fui assaltada por um sentimento o qual não lembrava da existência. A saber, o êxtase e aura do mistério. Como da vez em que chegamos aqui. Não sei dizer quando foi a última vez que algum de nós da vila se viu pisando em um lugar desconhecido. E tenho certeza que M. também sentia, pois mandava que eu não me demorasse a cada cinco minutos. O porão destoava do resto da casa pelo esforço visível dos acabamentos na madeira das paredes. Era um jeito de dizer que houve amor na construção daquele aposento.

O que mais havia no porão eram tábuas soltas e estantes de madeira. Algumas estavam quase vazias, mas a maioria dava lugar a livros de diferentes cores e formatos. O que mais me chamou a atenção foram as pastas, documentos e jornais avulsos. Os retirei primeiro porque algo me disse que valiam mais. Mas C. se mostraria irresoluto ao início da noite e não me deixaria ficar com nada daquilo. Havia também uma mesa com vários chumaços de folhas mais ou menos organizadas em pilhas. As folhas de papel manuscritas eram as que tomavam o maior espaço. Pareciam ser memórias de alguém. Eram de tamanhos diferentes e de todos os tipos de papel. Umas, velhas e carcomidas. Outras, intactas. Em nenhuma das páginas que olhei vi assinatura alguma. Não sei dizer se eram de M. porque nunca vi sua caligrafia, nunca vi um escrito seu. Não sei nem se M. sabia escrever ou não. Os textos eram das mais diversas categorias. Alguns eram palavras soltas mas também vi o que pareciam ser listas. Havia uma pilha que me chamou a atenção. Era, pelo que depois descobri, uma coisa chamada filme. Não, roteiro. C. me explicou o que eram e para que serviam. Aparentemente, há algum tempo, as pessoas iam a essa coisa chamada cinema. Esse "evento" consiste numa série de imagens em movimento que manipulam estórias numa linha narrativa, ou não, e dizem respeito com o contar algo como se víssemos pelos olhos de alguém. E as pessoas assistiam isso num lugar chamado cinema. Todas ao mesmo tempo. E o roteiro servia de guia escrito para essas imagens.

Juntei vários papéis antes de escurecer e fui passando um a um para C. pelo vão da rachadura. Cada um levou metade para casa. Eu fiquei com os roteiros e C. com as pastas, documentos e jornais avulsos. Decidimos continuar amanhã bem cedo. Li um pouco da minha parte e cansei os olhos. C. disse que é preciso ler num ambiente claro e que é necessário entender o que está escrito. Vou ter de continuar amanhã.

-1

Chuvas e raios. Não saí. Creio que amanhã teremos tirado todos os manuscritos do porão da casa de M.

Ao longo do dia li os roteiros. Não entendo essas histórias. Talvez eu devesse lê-las de novo.

-1

Por deus, quem é Leslie Cheung? Ele protagoniza todos os roteiros que tirei do porão de M. C. não soube me dizer quem ele é. Andei perguntando pela vila se alguém conhecia ele. Ninguém sabia. Eis que algo aconteceu. Quando mencionei ao senhor T. que estava atrás de um ator, seus olhos iluminaram. Trouxe memórias, como ele disse. Nunca o vi tão absorto em si mesmo. Ficou pensativo com essa coisa de cinema por um bom tempo. Na verdade, ele mesmo nunca havia ido a um. O que sabe, sabe por lembrar de seu pai contando a ele quando era criança, de antes da Grande Bomba de Hidrogênio. Disse que seu pai era o que chamavam à época de Cinéfilo ou algo assim. Cinéfilo quer dizer alguém que prefere imagens em movimento ao invés de imagens paradas. Depois ele me contou que um filme costumava ter em média 90 minutos, o que é um fato curioso. Eu perguntei por quê. E ele disse que é mais ou menos o tempo que dura um sonho. Eu não entendi o que ele quis dizer com isso. E foi hoje o dia que descobri que nunca sonhei. No caminho de volta, perguntei a todo mundo que encontrei se sonhavam. Com a minha pesquisa, o que descobri é que na vila apenas os mais velhos sonham. Aqueles que nasceram antes da bomba.

Mexendo nos papéis do subsolo outra vez, olhando aquela letra *emendada* cursiva (como o coveiro me ensinou), não pude deixar de lado a curiosidade que brotou de repente e me fez querer saber como é ter um sonho. Foi agora de noite que fui procurar o senhor T. para conversar com ele e saber mais sobre isso. No meio do caminho, entre a entrada do bosque e a cadeia, escutei algo. Pensei que pudesse ser o bicho que escutei na outra noite e avancei na direção do barulho. Mas o que vi foram D. e F. se picando dentro de um dos carros abandonados. Eu quis continuar até a casa do senhor T. mas vi que o céu estava mais radioativo do que o normal e achei melhor não passar tanto tempo sob ele. No caminho de volta para casa, senti meus dedos formigarem.

Esqueci de dizer: C. e eu terminamos de coletar os escritos do subsolo.

-1

Aconteceu algo hoje. Passei o dia pensando no que o senhor T. tinha dito sobre os sonhos e por fim resolvi ir até ele. Como precisava de ajuda para lavar a roupa, propôs um trato. Se eu as pusesse para secar, me contaria mais. Dei a volta na casa e vi os olhos que nunca mais esquecerei. Eles ocupavam um corpinho peludo e ágil. Definitivamente não era um gato. Não como as fotos que eu já havia visto nas revistas da escola abandonada. Era mais feio. Mas se movimentava muito rápido e parecia de borracha porque era muito molenga. Me olhou com desdém. Olhei de volta, do mesmo jeito. E nesse momento insólito, na ausência de testemunhas, posso jurar que a coisa sussurrava-me obscenidades. A começar por praguejar e julgar-me por todas as escolhas que já tomei na vida. Sobre coisas, inclusive, as quais nunca tive a distância emocional necessária para pôr nestas páginas. A coisinha subia e descia de uma árvore dos fundos do senhor T. Depois, começou um padrão de ir-e-vir, como me chamando, me puxando para dentro do bosque. Eu deveria ter voltado, virado as costas para aquela coisinha. Mas são os ganchos do desconhecido que nos levam ao descaminho.

Passamos os carros, a cadeia, o túnel e chegamos ao cemitério. Tomei todo o cuidado possível para que o coveiro não me visse. Mas, como ele não costuma sair de dia, e sua casa tem as janelas pregadas com tábuas, não pude vê-lo lá dentro. Rezava do fundo do coração para que estivesse dormindo porque ninguém está imune de sua lei do coveiro e guardião dos túmulos. Dizem que já matou gente que invadiu seu cemitério. São hábitos indecifráveis, corria o boca a boca. E comigo, se não me matasse, no mínimo cortaria as aulas de leitura e escrita.

A coisinha avançava para dentro do terreno. A cada lápide, ela esperava eu me recompor do sentimento de culpa por estar invadindo o cemitério. A confiança era traída. Pois, se escrevo, é por causa do coveiro. Se leio, é por causa do coveiro. Meu primeiro letramento se deu nas pedras frias com os nomes que me fez repetir em voz alta tantas vezes até memorizar. E assim o fiz. Posso ler de cabeça qualquer nome dos túmulos do cemitério se você apenas me disser onde ele está.

Aprendi um dia, sem querer, que o meu destino havia sido discutido em assembleia para que a palavra escrita recaísse sobre o meu futuro. Seria eu a próxima dona do cemitério. Seria eu quem carregaria o dom da leitura e escrita para alguém no futuro, assim como me foi legado. Eu, a pessoa que escreve o nome dos mortos na pedra. O coveiro e seus hábitos indecifráveis... Viu algo em mim e soube. E foi assim como sucedeu a ele o seu destino. Ainda não aprendi a enxergar o que faz de alguém um coveiro. Mas me disse que um dia saberei.

A coisinha recomeçou o ir-e-vir. Eu estava prestes a levantar e retomar o caminho quando escutei o coveiro abrir a porta gritando. Chamava todos os nomes. Espiei por detrás da lápide e vi que empunhava a escopeta. Pensei que me mataria. Pensei que não seria eu quem carregaria o letramento adiante. Os primeiros tiros foram os piores. Foram os que mais chegaram perto de mim. As pedrinhas ricocheteadas pelas balas lascaram parte da minha canela e ainda estão doloridas. Na hora, a vontade de viver se afugentou. Emudeci.

Nunca havia visto o coveiro tão fora de si. Levantei e foi então que me viu. Seus olhos congelaram. Ele pisava sobre o sangue que escorria da coisinha. Acertara em cheio, bem entre o que sobrou dos olhinhos. Por fim, quebrou o gelo que formara dentro de seu corpo e tomou ciência de onde estava e o que tinha acabado de fazer. Colocou a escopeta de lado e me chamou para perto. Me disse para olhar a coisinha.

ARIRANHA, ele disse. É o que era. Não levei muita fé porque nunca tinha ouvido falar nesse animal antes. Suspeito que seja produto da radiação. Mas o coveiro não se manifestou sobre a origem do animal. Ao invés disso, se pôs a contar sobre as atrocidades que testemunhara desde a época da Grande Bomba. Ao que parece, as ARIRANHAS foram um dos primeiros animais a modificarem seu comportamento para algo até então nunca observado na natureza. Aos poucos foram migrando de seu habitat natural para zonas mais urbanas e se colocaram contra os humanos, atacando e vilipendiando tudo pela frente. De acordo com o coveiro, o que há de tão especial com o caso das ARIRANHAS é que seu novo comportamento se deu logo antes da bomba e não depois, como numa espécie de presságio do que viria. Tentei argumentar que aquela que acabara de matar não apresentou sinal algum de violência contra mim. Mas não quis escutar e se pôs a explanar sobre as táticas de sedução que esses animais mantêm para com as pessoas até o momento do ataque. Me disse então que depois que os seres humanos configuraram a ARIRANHA como inimigo, elas passaram a atacar entes caros a nós. Sejam nossas casas ou até mesmo nossos cachorros. O coveiro nunca tinha me dito isso antes. Há muito tempo, seu cachorro foi comido vivo pelas ariranhas. E assim que expôs a mim o relato de seu animal de estimação, chorou.

-1

Aquela próxima da árvore enviesada: LUCRÉCIA SANDOVAL
    Aquela perto do portão: ANELISE EXIS TÉ
    Aquelas três bem no meio do cemitério são de uma família: PAPILO, QUAQUO e UMFALO
    Terminei de reler a minha metade das coisas que C. e eu dividimos. Espero que ele termine logo de ler a parte dele para que possamos trocar.
    Choveu o dia todo. Não saí de casa porque a chuva tinha gosto de estanho.

-1

A manca está morando na casa de M. Ela e seus três pivetes cegos. C. e eu havíamos tomado o cuidado de fechar todos os compartimentos secretos antes de irmos embora. Com sorte, não desconfiaram que havia algo no porão e nem que fomos nós quem roubamos as coisas de M.

C. disse que ainda não terminou de ler a sua parte...

À tarde, a coisa mais incrível aconteceu. Não sei que horas a energia voltara, nem se foi em toda a vila. O que sei é que o telefone tocou e havia uma voz do outro lado. Era um homem. E ele falava com um sotaque engraçado. Depois, com alguma conversa, descobri que se tratava do que ele chama de o *espanhól*. É uma língua. Falamos por horas. Me disse que mora em Cajón del Maipo, tem dois irmãos e visão intermitente. É durante a ausência de visão que busca coisas com as quais se distrair. Uma delas é apertar aleatoriamente os números do telefone e ver se liga para um número qualquer. Infelizmente, ele não sabia qual foi o número discado e eu também fiquei sem saber qual era o seu. (Fiquei surpresa em saber que cegueira intermitente não é uma doença local. É verdade quando o coveiro diz que os sintomas da Grande Bomba estão chegando em lugares cada vez mais distantes.)

Me perguntou uma variedade de coisas: o que comemos, o quão perto moramos de onde caiu a Grande Bomba, se eu tinha namorado, se a minha família ainda é viva, se eu já andei de carro, se nós temos chuva de poeira todos os dias... Em troca, perguntei a ele sobre as coisas que eu recém havia aprendido. Perguntei se ele era um Cinéfilo. Ele não sabia o que isso significa. Pedi para que me contasse sobre o lugar onde mora. Pedi que o descrevesse para mim. E se pôs a falar sobre as montanhas, as cadeias e picos rochosos. São altos, tão altos que o pescoço dói quando olhamos para o cume.

Um pouco antes da ligação cortar, me contou sobre mais uma coisa. O tédio dita o costume de, nas primeiras horas da noite, sair em busca do que fazer. Exceto ver propaganda e anúncio nas nuvens, não há muita coisa com a qual se distrair. Pois bem. Numa noite com os amigos, depois de arranjarem bebida e tomarem sabe-se lá quantas garrafas, desciam a encosta de uma montanha quando uma chuva de poeira se formou e os atingiu. Como estavam muito longe da vila e com medo, correram. No meio da confusão, encontraram um esconderijo, uma caverna, e não pensaram duas vezes em se abrigar lá dentro. Todos entraram apressados. Com o tempo, a entrada foi se fechando por causa da poeira que vinha de todas as direções. Ninguém teve coragem de tentar a sorte e se arriscar no caminho de volta para a vila. Então, resolveram esperar. Mas a impaciência tomou posse de todos e se puseram a cavocar o fundo da caverna, na esperança de encontrar qualquer coisa de valor. Eis que em uma parede havia um grande bolsão de ar que foi expelido quando aberto. O que descobriram foi um grande depósito dentro da montanha com barris e mais barris até a vista cansar. Em todos os barris havia uma e apenas uma inscrição: PROPRIEDADE DO INSTITUTO ONTOLÓGICO – PRODUZIDO E ENVASADO POR ROBÓTICA SÍLEX S/A – FEITO NO BRASIL. Ele me perguntou se eu sabia o que poderia ser, mas respondi que não sabia de nada. Quando saíram da caverna no dia seguinte e retornaram à vila, já estavam certos de que voltariam para pegar um barril. Porém, na próxima noite, mesmo com a ajuda de mais vinte pares de olhos, não conseguiram reencontrar a entrada da caverna, pois uma nova tempestade de areia cobriu a entrada e modificou tanto o terreno que não souberam mais dizer de onde tinham vindo.

Talvez o coveiro saiba o que são esses barris.

Também descobri que por lá, ninguém sonha.

-1

O que posso dizer? Talvez eu já devesse ter pensado que isso poderia ocorrer. C. desapareceu hoje. Não sei para onde foi. Nenhum dos vigias viu coisa alguma. Não sei por que se chamam assim se de nada servem. E se isso não bastasse, levou sua parte dos papeis e jornais que tiramos do porão da casa de M. Fui à casa de C. depois de procurar por ele em tudo que é lugar e como ninguém me atendia, entrei pela janela. Não deixou quase nenhum vestígio para trás. Havia uma reportagem de jornal caída atrás da porta. Imagino que tenha ido parar lá por descuido de C. na hora de ter feito as malas às pressas, enfiando os documentos e jornais na bolsa. Quando encontrei aquela única reportagem perdida e deixada para trás soube na hora que C. havia nos abandonado. Mas me dei o trabalho de averiguar sua casa em busca de mais algum indício de sua fuga ou até mesmo um motivo. Busquei em vão.

De volta em casa, li a reportagem algumas vezes. O papel está bem deteriorado. Por precaução vou transpor o texto para ter uma cópia dele.

*****

TERROR NO CINEMA FAN HO! ARIRANHAS COMEM ESPECTADORES

Na madrugada deste dia (22 de junho) um grupo raivoso de ariranhas de rua invadiu o Cinema Fan Ho provocando pânico nos espectadores da última sessão da noite. Segundo relatos, as ariranhas não fizeram discrição com respeito a quem atacar. Adultos e crianças não foram poupados. Além das mordidas, as vítimas sofreram lacerações e escoriações ao saírem do cinema devido ao pânico causado. Duas pessoas foram pronunciadas mortas ao chegar no hospital. O número de feridos ainda é incerto, pois muitas pessoas que conseguiram fugir do cinema não se apresentaram a nenhuma unidade de saúde. Os números oficiais de vítimas envolvidas no ataque variam de 65 a 89, pois após o ato no cinema, as ariranhas se voltaram a qualquer pedestre em seu caminho durante a retirada. De acordo com Cirilo Ave Cristo, projetista do cinema, as ariranhas teriam formado um paredão ao longo da rua para intimidar e afugentar quem pudesse atrapalhar a fuga. *"Pareciam um bando, bandidos mesmo. Mas ao invés de um arrastão, queriam apenas morder todo mundo"*, disse o funcionário.

O subsecretário de saúde Palomino Archote alerta que todas as pessoas envolvidas no incidente devem se encaminhar a uma policlínica o mais rápido possível para realizar testes virais. *"Os sintomas variam desde mudança de hábitos psicológicos a dificuldade para engolir. É extremamente importante que se você estiver sentindo algo, vá a um médico"*, salientou o profissional. Estas não são as únicas manifestações da doença decorrente da saliva do animal. Você também deve prestar atenção aos seguintes sintomas: fadiga, vômito, visão turva, jocosidade reduzida e intestino intempestivo. No caso afirmativo para um ou mais dos sintomas acima, é recomendado a visita a uma policlínica de sua preferência.

"Visão do inferno", foi como Geodésia Bauxita descreveu a cena. Empreendedora do ramo de tapetes e frequentadora casual do cinema, a espectadora e gestante de seis meses não imaginava que, nos momentos finais do filme, os gritos que escutou saíssem da boca das pessoas ao invés das caixas de som. *"Demorei a entender o que acontecia por causa do escuro. Quando olhei para o lado e vi o que parecia sangue na camisa do meu marido, entrei em pânico, fiquei congelada e depois, quando elas* [as ariranhas] *se voltaram contra aqueles que estavam atrás de nós, não pensei duas vezes. Puxei meu marido pela mão e corremos. Graças a Deus não aconteceu nada com ele nem comigo. Acontece que o sangue nem era dele. A gente ficou muito assustado."*

[*Foto da fachada do cinema Fan Ho*]

O número de vítimas poderia ter sido maior não fosse a ação rápida de pessoas como Cirilo Ave Cristo, que guiou as pessoas no escuro às portas de saída com uma lanterna, e também de um morador de rua, habitante do beco ao lado do estabelecimento, que, aos sons dos primeiros gritos vindos de dentro do cinema, adentrou a sala aos chutes, enxotando as ariranhas do seu caminho e abrindo passagem para que mais pessoas pudessem sair. Ainda se buscam explicações para entender o que causou o ataque das ariranhas nesta madrugada. Nas palavras de Josegripa Alípio, psicóloga de mamíferos, "*Não há estado selvagem em uma ariranha. O que há são momentos de lucidez intercalados com desgosto e alusão à doçura. Não devemos confiar na linguagem deste animal e não podemos nos deixar levar pelas expressões que nós colocamos em seus rostos*". Nenhuma ariranha foi identificada no ataque e não há indícios de que tenha sido uma conspiração coordenada com o assalto a banco na cidade vizinha de Nova Amizade à mesma hora do incidente.

[*Foto de Geodésia Bauxita apontando o sangue na camisa de Omegrado Abdias do Santo Socorro*]

Uma fala do prefeito está marcada para o meio-dia de hoje para apresentar medidas de segurança contra animais selvagens da cidade. Até o momento, não se sabe a procedência das ariranhas, de acordo com a polícia. Ainda é cedo para auferir o dano emocional e o impacto que o fato teve na história da cidade, pois não se tem registro de nenhum tipo de incidente ao menos remotamente similar ao ocorrido. Nossas palavras e condolências se voltam às vítimas do ataque ao Cinema Fan Ho.

[*Retratos de Johannes Nicolai e Gong Cheung*]*
*As vítimas Johannes Nicolai (editor e poeta) e Gong Cheung (engenheira florestal)

*****

-1

Dedos e mãos caíram do céu hoje. Foi a primeira vez que vi de fato a estratégia. Nunca pensei que as partes do corpo caíssem tão rápido. Sempre imaginei que flutuassem até o chão, como uma pena. O coveiro disse que era prática comum em tempo de guerra e a viu muito na época da Grande Bomba. Ainda pequeno, viu de perto a concepção dessa e de tantas outras artimanhas bélicas. Me disse uma vez que recolhia partes de corpo desde os seis anos de idade. Não por opção, sempre esteve próximo dos focos de guerra. Aprendeu muito escutando os soldados e vendo os campos de batalha. A *lançada*, como era chamada, consistia no desmembramento das mãos e dedos dos inimigos e seu subsequente lançamento de um avião em território hostil. De acordo com o coveiro, a guerra mais próxima está acontecendo no Paraguai. Pelos seus cálculos, a lançada foi mal-executada e um vento surpresa trouxe os restos em nossa direção. Isso... ou estamos agora em território hostil.

    Me voluntariei para ajudar o coveiro a retirar os pedaços dos telhados e das ruas. Foi a melhor maneira que consegui para poder me aproximar da casa de C. sem levantar muitas suspeitas. Mas o boato correu mais rápido do que eu podia prever e a casa já estava ocupada. D. e F. estão morando lá.

-1

Agora, sempre que posso, tiro um tempo para escutar o que o senhor T. tem a dizer sobre os sonhos. Ainda não consigo acreditar que pessoas podem viver assim, tendo Cinemas em suas próprias cabeças, com suas próprias histórias sem o mínimo de esforço para criá-las, não fazendo mais do que observar e sentir como se a imagem fosse realidade. Eu também quero isso. Não é justo.

No caminho de volta, na entrada do bosque, pensei ter visto uma ARIRANHA e corri para tentar pegá-la. Imaginei que o coveiro ficaria feliz se me visse carregando uma ARIRANHA morta nas mãos como pedido de desculpas por ter invadido o cemitério. Mas para minha surpresa, no meio do caminho não havia um animal. O que havia eram algumas folhas avulsas presas por uma tira de elástico. Escritos em letra cursiva. Deviam ser dele. De C. Fugira em direção ao bosque e sem querer deixara papéis como migalhas para sua trilha. Ainda não decidi se devo contar a alguém sobre isso.

Trouxe o emaranhado avulso de volta comigo. É assinado por alguém de nome Johannes Nicolai. Quais as chances? Johannes Nicolai... uma das vítimas do ataque das ariranhas no cinema. A maioria dos papéis está escrita de um jeito estranho, como se não soubesse o que quer dizer. Deve ser em outra LÍNGUA. No entanto, uma das folhas está escrita do jeito certo. Ela diz:

*****

(...) um que sempre falava sobre isso, um certo psicanalista de nome Camilo Salomão. O que me lembra: explodiram o Louvre hoje, com todo mundo lá dentro. Um protesto à conscientização climática. Foram eles, A Orelha de Van Gogh. Da próxima vez que nos vermos, lembre-me de lhe contar sobre eles. São um grupo de arte terrorista. Não um grupo de arte *terrorista*. Mas um grupo de *arte terrorista*. *Esse é o futuro*, como dizem. À arte restará apenas o calor e o fogo, sem plateia alguma. As obras que aqui ficarem, ficarão ao espaço vazio, derretendo dentro de museus ou em porões. O que você pensa sobre isso? É uma mensagem bem clara. Se explodem Magritte ou Frida quem aciona a imprensa internacional e toca os corações de milhões de desgraçados climáticos não considera o mesmo gesto às ações que os bilionários fazem nesse mesmo instante.

O dinheiro sabe mascarar sua cadeia de eventos.

Percebo que ainda lhe devo o motivo de minha carta. Algumas semanas atrás uma alma sem rosto entrou em meu escritório. Digo isso dessa forma pois já não recordo se foi um sonho ou realidade. E prefiro não investigar a fundo para saber a verdade. Essa foi a lição mais importante que já me ensinastes, afinal. Bem, seguia eu com meu dia quando o fato aconteceu. Estava a editar o obscuro tomo das memórias de um certo romeno da cidade onde nasci. A porta abre e a aparição entra. Ela conversa comigo por boas horas. E me revela sua história. O que ela quer? Quer que eu a publique, oras. Levamos três ou quatro cafés até seu manuscrito estar à mesa e ambos estarmos olhando para ele. Eu, sem saber muito bem o que pensar. Ela me olhando. Deve ter me deixado um contato qualquer, pois me lembro de anotar alguma coisa, endereço ou telefone que seja. Me despede com a batida da porta e saio do transe. Devo ter ficado algumas horas sem me mexer, até o telefone tocar. Era você. Creio não ter dito nada na hora porque despertei para outro mundo e no momento só tinha atenção para você. A parte estranha foi a seguinte. Lembro de desligar o telefone. Lembro de me levantar da cadeira. E então, desapareceu. Evaporou. O manuscrito não estava mais lá. Não havia evidência alguma de que o que eu escutei uma tarde inteira tivesse lastro algum no mundo. E estou com essa história dentro de mim.

Gong, lembre-me de lhe contar sobre isso quando nos vermos.

— Nico

PS: Sim, Ai Xia e Ruan Lingyu foram um engasgue da História.

*****

-1

Dia de safari. Não conseguimos tirar muito dinheiro dos gringos. Os mais doentes ou já morreram ou já foram embora. Na vila só restam os menos piores. A época de B. foi nosso grande esplendor. Se soubéssemos que haveria safari, um dia antes dos gringos chegarem já deixávamos os putrefatos sem comida para ficarem mais debilitados e com o sangue fino. Estes geralmente davam as melhores fotos. E boas fotos dão a chance de uma esmola. Foi B. quem teve a ideia de *montar a passarela*, como ele dizia, seja lá o que isso signifique. Ao longo da rua principal, em cada baia apropriada e separada por doença, havia um de nós, indo de menos doente até quase morto, ao fim do passeio. As caravanas vinham de tudo quanto é lugar. Ao longo dos anos B. promovia cada um de nós para a próxima baia. Depois que ele morreu, continuamos com o seu projeto. A única coisa que realmente mudou de lá pra cá é que começamos a ganhar cada vez menos esmola. Era comum fazer um, dois DÓLARES. No fim do dia de hoje fiz 20 centavos de DÓLARES. Estão ficando mais sovina. Nem o Senhor T. conseguiu ao menos um DÓLARES.

-1

Nenhum carro na estrada. A polícia foi embora. Não há ninguém na usina. Temo que o pior se tornou verdade. Devemos estar em território de guerra. Para piorar meu medo, vi alguém fugindo de manhã cedo. Algo me diz que também devo ir. Mas para onde? A única direção que confio encontrar alguma coisa é o bosque. C. foi para lá. Talvez ele saiba de um lugar seguro. Talvez ele tenha deixado mais folhas pelo caminho. É a minha melhor opção. Duvido que o Senhor T. queira ir comigo. O coveiro muito menos. Tem que ser até amanhã. Não há tempo.

-1

Ninguém quer ir comigo. Todos estão cansados de procurar outro lugar para viver. Preferem a chance de algum trabalho, mesmo que escravo, para o exército que vier. Por outro lado, D. e F. fugiram. Não sei se estavam metidos com algo ou alguém, não fiquei sabendo. Conversei com o senhor T. mas ele também não sabia de nada. Lembrei de uma conversa que escutei entre D. e F. Como de costume, não sabiam que eu estava vigiando-os. Era de noite e se drogavam. Talvez tenha sido D. quem falou mas posso estar enganada. A sugestão que ouvi era de um dia pegarem uma das jangadas e descer o rio até o fim para ver o que há. Talvez tenha sido isso o que fizeram.

Lembrar de perguntar ao coveiro, antes de ir embora, se alguma jangada desapareceu.

Um dia a menos.

Polívaro

(77 toneladas de cortisol secretadas antes da Grande Bomba)

Quando você é irmão do meio e trabalha em uma tapeçaria com a sua família desde bebê, a última coisa que você espera é saber através da fofoca de um cliente que seu tio morreu. Eu, devo dizer, nunca havia decretado em janta ou almoço que seria do meu grande e íntimo desejo saber das mais recentes letalidades familiares. Mas talvez isso não tenha ocorrido pelo fato de nenhum de nós nunca mais comer sequer um amendoim na companhia um do outro. As refeições, assim como os segredos, eram de costume repartidos apenas entre estranhos. Então, quando Giltovar entrou na nossa loja para me trazer o almoço, eu não esperava a notícia atrasada em uma semana.

— Bom dia, Papilo. Tudo bem com você?
— Oi, Giltovar.
— Eu imaginei que vocês nem abririam hoje.
— Mesmo? Por quê?
— Não é hoje o enterro do seu tio?
— Que enterro?
— Do seu tio Polívaro.
— Meu tio não está morto, Giltovar.
— Não foi isso o que seu pai me disse. Por falar nisso, onde está ele?
— Ele... saiu faz uns 20 minutos.
— E seus irmãos?

— Saíram... também.
— Eles disseram aonde iam?
— Não...
— E como eles estavam vestidos?
— Como... se estivessem indo a um funeral...
— Aí está. Ninguém avisou você? Me sinto estranho por ser eu a trazer a notícia. Você tem certeza que ninguém lhe falou nada?
— Tio Polívaro? Ele morreu?
— Eu sinto muito, Papilo. Você está bem?
— Sim, estou.
— Tente comer, fará bem a você. Eu preciso ir. Meu cão não consegue mais ficar sozinho perto daquele último tapete que comprei de vocês. Não quero me livrar do tapete, nem do cão, e seu pai se deu o trabalho de procurar até com as gêmeas Abya e Yala por ele afinal. Mas me diga, o que vocês colocaram no tapete? E como faço para meu cão parar de ter medo dele? Esqueça, é um momento difícil. Se você precisar de qualquer coisa, qualquer coisa mesmo, apareça lá no restaurante, aí poderei mostrar a você como o cão estranha aquele tapete. É um tapete estranho esse que vocês me venderam.

Giltovar deixou a comida e foi embora. Fiquei a olhar suas costas enquanto saía e percebi que tinha um furo no meio delas. Um buraco do tamanho de uma moeda, escuro e sedutor, que diminuía conforme eu o olhava. As beiradas do buraco sobressaíam pela roupa, com a pele derrentendo como lava, e estaria Giltovar sentindo ao menos o cheiro da carne queimada não fosse seu aspecto derrotado de ter sido ele quem me deu a notícia ruim da morte de Polívaro. As emoções que carregava não condiziam com a realidade. Sofria sem sentido. Do lado de fora aproveitou um momento de indecisão e lançou-me um aceno de cabeça junto de um rosto avergonhado que dizia: "Eu só trouxe a notícia porque ninguém da sua família lhe falara antes. Não me odeie. Hoje não." Por fim, tentou um sorriso e desapareceu.

 A loja estava vazia outra vez e não havia ninguém a quem eu pudesse perguntar sobre tio Polívaro. Teriam deixado o caixão aberto? Teria escrito um testamento? Teria ele vindo nos visitar se ainda estivesse vivo? Até onde sei, tio Polívaro nunca passou pela porta ou fez questão de dar um telefonema com notícias suas. Ele e meu pai nunca foram próximos, pois tiveram vidas diferentes. Meu pai, assim como meus irmãos, nunca teve outro universo a não ser os tapetes. Negócio iniciado não por ele, mas pela família da minha mãe. Vender tapetes foi seu primeiro emprego. Ignorar seus filhos, o segundo. Pobre mãe, não fazia ideia de que contrataria um peso de porta. Meu tio é... era... envolvido com a medicina, com alguma coisa relacionada à cura de... alguma coisa. Eu saberia mais se fôssemos próximos. Notar-se-ia, ao enquadro de nós dois, que não calçamos o mesmo sapato, meu tio e eu, ou seu filho, meu primo, que seja. Não, à gente falta. Seu filho, meu primo, trabalha numa plataforma de petróleo. Eu, meus irmãos, e talvez meu pai, nunca vimos o mar. Meu tio já viajou, já comeu coisas que eu nem sei pronunciar o nome. Nós nunca saímos da cidade. O mais longe que já fomos é a lagoa, no limite do vilarejo, quando a minha mãe sumiu, porque era o último lugar que nos restava procurar, mas ela não estava lá. E as duas vidas paralelas do meu pai e do meu tio assim permaneceram. Do fundo da garganta, um gosto que não costumo sentir todos os dias queria sair e foi só quando começou a pingar no balcão que tive reflexo para limpar o canto da boca e a madeira. A saliva não se faz mais como antes. Ela não gosta mais de ficar dentro de mim.

 Na loja da frente, um burburinho anunciava coisa, alguma algazarra, que logo me fez esquecer da morte de tio Polívaro. Eram os garotos da rua incomodando Zé Dos

Cabos. Abri a marmita com o almoço que Giltovar me trouxe e esperei ele entrar. Como sempre, seu cheiro o acusava da sua presença. É talvez o cheiro de curiosidade, pois não há olhos que não o olhem. Mas o que veem de fato quando olham Zé Dos Cabos? Como formam sua silhueta? Acredito que toda figura é traçada pela mão da memória. Eu, quando vi Zé Dos Cabos pela primeira vez, soube de imediato quem e o que era, qual vida tinha e qual teria, o que queria e o que não poderia ter, e não deixei a massa de cabos atrapalhar a formação de sua preciosa aura no fundo daquela que, a partir de então, seria conhecida como a minha nova mente. Mamãe tinha acabado de desaparecer e eu havia recém-descoberto sobre a minha condição de anedonia, por heurística torpe, que infligia grandes nadas na minha vida e muita especulação sobre a dificuldade que era e é encontrar gosto naquilo que, para muitos, como meu pai e meus irmãos, é algo dado. Comecei a frequentar cinemas. Menos pelos filmes e mais para observar reações. Foi com muito cuidado e zelo que passei a assear a curiosidade a qual me motivava o mínimo para respirar e retroalimentar o sistema de informações que veiculava dados emotivos a mim e eu, com a estase límbica em seu primórdio, não sabia fazer outra coisa a não ser tentar imitar os outros. Porém, não foi a busca pelas emoções a verdadeira origem da minha crise e sim a morte. Aposto que ninguém naquela noite a aguardava. Em uma sessão com não mais do que uma dúzia de pessoas, havia um corpo entre nós, que foi descoberto ao fim do filme, no acender de luzes. Encontrava-se sentado na sua cadeira de um jeito como se não quisesse mais viver. E, quando a luz o atingiu, todos sabíamos que o seu corpo dizia uma verdade, o choque nos censurou a palavra ao entedimento coletivo, mas não ao privado. Não deixaram nenhum de nós sair da sala até a chegada da polícia. Quando pegaram os documentos de todos e anotaram um por um, foram nos liberando. Saí e o corpo ainda não havia sido retirado. A cena do corpo na sua cadeira me incomodou. Ele estava sentado duas fileiras atrás de mim e foi o grito de alguém que me colocou em estado de alerta, pronto para me cerrar às dores do mundo. Trabalho em vão, pois não há barreira emocional que possa impedir uma imagem da morte de se assenhorar de um vivente. Um relance de olhos sobre a coisa foi o suficiente para me lembrar de respirar. Do lado de fora, busquei a solidão e entrei num beco. Antes de vomitar, pude ver alguém se aproximando. Era Zé Dos Cabos. Eu adentrara em uma de suas casas. E assim inciou-se a nossa amizade.

Agora adentrara ele à minha casa. Nos tempos em que carregava um nome socialmente aceito teria sido, de acordo com sua hesitante memória, um grumete bem arrumado e polido. Supostamente teria uma foto sua uniformizado, mas nunca a vi, nunca fez caso para que eu desse tanta atenção e deixei de insistir que a procurasse. Sem dizer palavra alguma, sua aproximação a mim, envolto do meu próprio nojo, me lembrou de uma embarcação suave chegando ao destino final no fim do dia, com o vento a favor da amizade. O escuro não conseguia esconder o melado do seu rosto, característica comum dos homens do mar, como depois pude averiguar em meus estudos náuticos. Ele acendeu um fósforo e se aproximou ainda mais de mim.

— Fósforos, jiló, uma grelha, um grilo, um nômade, algo cancerígeno, restos de lipoaspiração, um pouco de açúcar e letras gregas. Estas são as coisas de que preciso.

— Estarei de olho nelas. Confie em mim.

— Bom dia, Papilo.

— Oi, Zé.

— Onde está todo mundo?

— Bem, pelo que fiquei sabendo, estão todos no funeral do meu tio.

— E por que você não está lá também?

— Porque ninguém me contou, ninguém me convidou.

— Ninguém disse a você que era hoje o funeral do seu tio?

— Tem mais. Ninguém me contou que meu tio havia morrido.

— Nem com burros de carga fazem isso. E o que você vai fazer?

— Nada.

— Nada?

— Nada.

— Que sem graça, que desânimo.

Do outro lado do balcão, Zé Dos Cabos desabrochava um papelote para revelar migalhas e pedaços de frutas que trazia dentro de um pano suado. Seu almoço nem sempre era complementado pelo que sobrava do meu, pois às vezes Giltovar implicava com inhames e os cortava como se não houvesse amanhã, ao que Zé Dos Cabos respondia com desgosto ao ver o meu vasilhame transbordando com rodelas da leguminosa.

— Outra vez isso?, ah... é só o que ele cozinha. E seu tio, quem era esse?

— Se chama Polívaro, ele é, ou, era um médico ou alguma coisa do tipo.

— Você está chateado?

— Não.

— Nem um pouco?

— Não.

— E do que ele morreu?

— Como vou saber? Não me contaram. Velhice, provavelmente.

— E você não vai no funeral?

— Você segue insistindo nisso. Para quê?

— Ele era seu tio e tudo mais. Não vai vê-lo uma última vez? Se eu tivesse um parente vivo que morresse eu iria vê-lo.

— Eu nem sei onde é. E, não. Eu sei como é seu rosto, eu lembro das feições. Não esqueci e não preciso ver de novo. Eu nem conhecia ele direito. Aliás, nenhum de nós o conhecia tão bem assim. Me surpreende que Quaquo e Umfalo vão. Eles não o viam há mais tempo que eu.

— Ainda assim. Isso talvez não seja motivo. Deve ter um endereço em algum lugar. O seu pai sempre anota as coisas. Ele anota tudo. Ele anota inclusive o comprimento dos cabos que eu trago para ele.

— Acho que sim, deve ter um endereço em algum lugar. Mas coma primeiro, deixe isso para depois.

Sem pensar, ele pulou o balcão e se pôs à mesa do meu pai catando folhas e blocos de anotação em busca de qualquer pista. Não ter uma casa é o que faz com que Zé Dos Cabos adote as ruas e os interiores como se fossem a mesma coisa. O fora e o dentro são sinônimos para quem não sabe o que é crescer em um só lugar. A obstinação com que se dedicava era algo que me dava inveja. Era só um endereço que procurava, uma frase solta por sobre algum canto à mesa, sobre uma pessoa e assunto que não lhe diziam respeito, e no entanto, a busca o intrigava. A última vez que a cegueira tomou conta de mim foi quando minha mãe, que à época ainda morava com nós, falou dormindo. Meu pai e meus irmãos tinham saído para fazer alguma coisa e minha mãe tirava a sesta. Deitada no sofá ela falou sobre um veneno que faz as mãos caírem. Sob balbucios e sopros, ela descrevia os efeitos colaterais, a composição da substância e como prepará-la. Prestei muita atenção para decorar tudo e não deixar que isso fosse esquecido ou passasse batido por mim. Eu memorizei todos os passos, todas as diferentes formas de fermentação e saí em busca dos ingredientes. Parte de mim queria acreditar que o veneno de fato funcionasse, mas por mais que eu experimentasse diferentes estratégias e abordagens de soluções químicas o efeito nunca ocorreu como esperado. O problema maior nunca foi esse. O que me tirava o sono era a escolha da minha próxima vítima. Mas nunca contei isso para minha mãe. A história oficial é que ela nos abandonou alguns dias depois desses sonhos e a última imagem guardada da minha mãe é uma em que está deitada e balbuciando coisas. Não creio que tenha nos abandonado.

— Eu não achei, Papilo.

— Esqueça isso, Zé. Coma. Você viu Giltovar saindo daqui? Levou um tiro nas costas e pelo jeito, foi agora agora.

— De novo? Entra ano sai ano isso acontece. Como que ainda não morreu? Às vezes eu acho que ele nem se preocupa em viver. É uma daquelas pessoas que não toma iniciativa para nada. A vida o empurra para a direção menos laboriosa, para o caminho com menos atrito e ele, em condição de aceite do menos trabalhoso, estanca onde os ventos o empurram. O problema é quando os ventos o empurram contra a parede e você não pode fazer nada para sair de onde está.

— Deve ser difícil ser ele.

— Apesar da aleatoriedade e falta de propósito ou sentido, em uma coisa Giltovar pode dormir tranquilo ao fim do dia, coisa que você e eu não podemos. Seja a vida que vier em seu caminho, seu trajeto será o menos pior porque Giltovar nasceu com algo muito raro. Ele nasceu com sorte. Eu lhe garanto. Se Giltovar ameaçasse tomar as rédeas da própria vida, ele poderia conquistar o quarteirão inteiro. Você e eu nascemos com a pior herança possível. Sabe qual? O azar. E eu lhe pergunto: Pode o azar deixar de ser genético?

— O verdadeiro milagre é não encontrar psicanalistas no paraíso.

— Às vezes você me assusta.

— Se você pudesse escolher como morreria, o que você escolheria?

— Dirigindo.

— Você nem pensou.

— Pelo contrário, já pensei muito. Eu nunca andei de carro. Nem como carona, nem como preso. Tenho muita vontade de pegar um carro e soltar o pé no pedal. Sentir o vento. Ver as coisas passando rápido. Sim, já sonhei demais com essa cena. Mas não é uma ideia original. Uma noite em particular escutei Cirilo conversando com alguém, nos fundos do cinema, sobre esse cara Djeimes Dim, um figurão de cinema do passado que morreu jovem num acidente de carro e desde então fiquei com essa coisa coisando na cabeça de pensar como seria morrer assim, em alta velocidade. Seria instantâneo mesmo? Ou tudo ficaria cada vez mais lento e quase parando?

— É um jeito digno.

— E você?

— Vendo filme. Vendo filme num cinema. De preferência no meio da estória, nem cedo demais nem tarde demais. Eu gostaria que fosse no meio de uma cena sem propósito algum, uma cena banal. Como a vida.

— É um jeito digno também.

Zé Dos Cabos terminou a sua refeição antes de mim e se despediu. Voltara às ruas. Quanto a mim, como de costume depois do almoço, me dei o meu único cigarro do dia. Geralmente espero Quaquo ou Umfalo voltarem do almoço para ir até a esquina e fumar em paz, mas nem a isso tenho direito hoje porque Polívaro morreu e me deixaram aqui sozinho com os tapetes. Fumar em frente à loja já não é tão agradável por causa do tamanho da calçada. Se a aumentassem, como pedimos há tanto tempo, as pessoas podiam deixar de esbarrar umas nas outras. Essa não é a única coisa que me incomoda. Quando eu era pequeno, meu pai matou uma criança que saiu da loja do outro lado da rua segurando uma arma. Ela caiu bem aqui. Ele não sabe que eu espiei tudo do andar de cima e vi seu sangue saindo e deslizando pelo asfalto. Deve ter demorado cerca de um mês até a chuva tirar a mancha do chão. Naquele dia aprendi uma coisa. Crianças também sangram.

 À tentativa de deleite da segunda pitada, uma sombra no horizonte ameaçou meus planos de fumo e sem querer queimei uma ponta da camisa com o cigarro tamanho o nervosismo. Não sabia ele o que causava em mim? Não posso viver sem ser lembrado do quão fodido sou? A cada mês me entristeço mais, a cada quatro semanas lembro que não irei à praia, a cada 720 horas perco um eu de mim. Pudera ser apenas isso, mas a parte triste da tristeza é a lucidez. E com menos eus dentro de mim, menos peso que carrego e vivo menos cansado. E sem cansaço, vivo alerta. Na espreita da próxima vez que virá. Eu conheceria aquela sombra em qualquer lugar. Até mesmo no escuro. Era o homem. O carteiro. E com ele, uma conta. O aluguel. Suas mãos deviam coçar toda vez que entregava o aluguel para alguém. Se bem sei, seu coração bate apenas na última semana do mês quando precisa de sangue nas veias do rosto para sorrir. O carteiro foi minha vítima mal-sucedida nº 2, nº 13, nº 18, nº 25, nº 26 e nº 31. Substância alguma no mundo foi capaz de fazer suas mãos caírem. Talvez o assassinato seja o que resta. Mas mesmo com a falta de mãos, seja ele seja outro, o aluguel não deixará de vir. Junto de sua sombra, trazia o peculiar arranhar dos seus sapatos que podia ser dito sua marca pessoal e se não fosse isso, seu joelho craquelado ressonando a 2 hertz indica o passo perfeito e puro. De olhos fechados, qualquer um saberia quem vinha. Infelizmente, em sua presença os cigarros correm mais rápido e acabam mais cedo de tal forma que, quando chegou a mim, não restava nada em meus dedos a não ser cinzas. Plantou-se na minha frente e me julgou de cima a baixo. Pensava em como meu par de sapato não cedia a sola depois de seis anos? Como de costume, seu rosto deu lugar a ⅔ de um sorriso ao me entregar o envelope. Não trocamos palavras, não nos olhamos quando se afastou, nem ao menos sentimos o cheiro um do outro. Me deu em mãos o gatilho da minha mesquinhez, um presente sórdido. Pelo peso do papel é sempre possível saber quantas contas guardam. Esse mês eram duas. Estão cobrando o mês retrasado por engano. Não raro a imobiliária "erra" o envio de suas contas na esperança de algum otário pagar de novo. Isso vem acontecendo cada vez com mais frequência. O mundo provavelmente acabará antes do fim do aluguel. E não teremos aprendido nada.

    Colocar a carta na mesa do meu pai sempre é uma tarefa difícil. Mas hoje ele não está aqui e posso me dar ao luxo de sentar em sua cadeira. Não faço isso desde que tinha 8 anos. Giro sobre ela várias vezes e não tenho emoções. Contudo, a saliva insiste em sair pelo canto da boca. Talvez esteja tentando me dizer algo. Talvez eu não devesse girar tanto depois do almoço. É estranho ver esse lugar vazio. Sem xingamentos. À essa hora Umfalo estaria cuspindo na comida de Quaquo. Quaquo estaria estrangulando Umfalo. Meu pai estaria no computador provavelmente procurando mais uma namorada. Entrei para saber quem era. Seus últimos emails não eram de teor romântico nem comprometedores. Na verdade, mal se comunicava com ninguém. O que mais havia em sua caixa eletrônica eram propagandas de remédio para hipertensão, gastrite e calvície. Uma descrição muito acurada do alvo. Um sujeito que vive para sofrer do coração, da garganta, e da queda de cabelos.

    Pensamentos sofrem, um a um, o grande tombo da consciência para o abismo.

    Paredes cedem.

    Sonho é normatividade.

Dou de ombros à geneticidade do azar, sofro com ontologias piores do que essa, sei que encontrarei crianças no nirvana, não preciso me preocupar.

A porta abre. São Quaquo e Umfalo e logo atrás, nosso pai. Com eles, o calor da rua. Falam palavras incompreensíveis, mas creio que me desejam o bem. Não voltaram taciturnos do funeral. Não havia sofrimento em seus rostos. Senti camaradagem em seus afetos. Devia ser a primeira vez que faziam alguma coisa juntos em muitos anos. Quaquo fala de um sujeito que apareceu no cemitério sozinho carregando um saco cheio de apetrechos. Um mendigo que talvez morasse em algum canto por lá. Ele causou um certo tumulto, pois na hora das últimas palavras à Polívaro começou a gritar sobre uma certa entidade chamada Quinga Tós e teve de ser retirado à força pelos amigos de meu tio. Umfalo e meu pai depois me explicaram que Polívaro não tem quem possa cuidar de suas coisas no momento visto que meu primo está viajando e só volta na semana que vem. Logo, cabe a nós ir até sua casa para decidir o que fazer com suas posses.

Quinga Tós. Quinga Tós. Quinga Tós. Quinga Tós. Quinga Tós. Faz muito tempo que não ouço esse nome.

No dia seguinte, Quaquo, Umfalo e eu fomos até o outro lado da cidade para conhecer o apartamento de Polívaro pela primeira vez. O tamanho nos impressionou. Assim como o piano na sala de estar. No seu quarto sou atraído pelo quadro que contém apenas uma palavra escrita à mão: KONDIARONK. Quaquo e Umfalo colocam todos os tapetes da casa em uma única pilha. Nem tocamos nos livros ou nas estantes. O último tapete, o do terceiro quarto, provou ser um teste de paciência para nós, pois estava colado no chão. Não se movia por nada. Umfalo sugeriu que cortássemos as bordas com uma tesoura. Quaquo e eu discordamos. Mas Umfalo não nos escutou. Ao terminar de cortar o tapete ao longo do perímetro, Umfalo pôde puxar o tapete sem dificuldades. Mas não esperávamos pelo que encontramos.

Me surpreende que não tenhamos tomado tempo algum para tentar conhecer quem foi nosso tio. Assim que abrimos a porta do seu apartamento fomos em busca dos seus objetos. Talvez, se tivéssemos tido o cuidado de olhar suas fotos, ver seus livros, ler suas cartas espalhadas na mesa da sala de estudo, poderíamos estar melhor preparados para lidar com o alçapão que nos foi revelado debaixo do tapete. Por isso, enquanto Quaquo e Umfalo quebravam o chão com algumas ferramentas que encontramos no armário do quarto de empregada, me pus sob a incumbência de descobrir o mínimo sobre meu tio. O mínimo para evitar um choque sobre o que poderíamos encontrar.

As fotos da sala de estudo são todas de pessoas agrupadas sorrindo. Meu tio aparece em quase todas. A foto de maior destaque se encontra no meio da estante. Nela, há um grupo de pessoas posando sob uma placa que diz Sociedade Ontológica. Pergunto a Quaquo o que isso significa. Quaquo não sabe responder. Dou atenção aos livros da estante: *clínica... mente... potência... dor... A história da repressão ontológica: casos de apagamento da verdade humana... Reflexões endêmicas: o universo social do mundo pós-anabolizado...* Vou à sacada para ver a vista do oitavo andar. Acendo um cigarro e observo os apartamentos. Corpos se exercitando na frente da televisão. Corpos fumando na sacada, como eu. Corpos tomando o café da manhã e assistindo o noticiário. Corpos dormindo. Corpos cansados. Estranhamente, nenhum corpo diverge. Os corpos que acordam não pensam no sono porque não há tempo, abrem o olho tomando café. Vejo uma família muito parecida com a minha. Um pai, uma mãe, três filhos. Mas da quina da parede, dois olhos saltam, observando a cena. Sua forma toma forma e revejo meu antigo amigo do mundo dos sonhos, O Pornólogo. Não creio que exista ainda, mas sei que há de devir no mundo real. Às vezes, quando tem algo a me contar, aparece. Mas não desta vez. Desta vez me obriga a ver coisas que faz com a família. Coisas que eu não gostaria de ver. Do outro prédio, me despeço com um aceno e ele entende a mensagem. Antes de desaparecer, coloca fogo no apartamento com a família dentro e me sussura

cada um tem o incêndio que merece, as sementes da cabelo-de-índio precisam do fogo

Cada um tem o incêndio que merece. Quem me disse isso? Ouvi num encontro de comerciantes que meu pai nos levou quando ainda éramos crianças, eu acho. Desde pequeno escutei de conversas pescadas ao acaso sobre coisas privadas aos adultos. Com o passar do tempo me tornei uma exímia sombra e meus ouvidos sofreram a deformação necessária para escutar uma agulha caindo no meio da palha. A cada escapada de duas pessoas para longe e sem propósito, meu ânimo tendia ao esforço ou se vagavam ao léu ou se demoravam muito, não sei dizer qual me desassossegava mais, e a Voz se espreguiçava dentro de mim, fazia seus primeiros ensaios de encanto sobre a minha curiosidade, aspecto fatal para uma mente sem sensibilidade, mas saiba, esses bichinhos que vivem atrás dos olhos... eu podia senti-los caminharem até o fundo da minha cabeça e maquinarem desavenças entre os quatro cantos do meu Eu, coisa que detesto, e com a sua atividade, o suor se formava das glândulas, escorria pela pele e eu podia ver com clareza como as desculpas que os bichinhos inventavam se amontoava no fundo da minha mente, algo que chamarei de demônio, por falta de melhor palavra, me implorava para que eu me ausentasse o mais breve possível e seguisse a quem quer que fosse, que ficasse no encalço. No mais das vezes, os assuntos eram coisas triviais. Adultérios, drogas, fugas. Mas volta e meia, e por todos os grupos com que convivi, um assunto era de mais valia para mim. Algo que até hoje não sei bem como mensurar em contraste com o real, pois nem ao menos sei se ouço coisas verídicas. Tudo o que guardo das conversas que escutei às escondidas das mais diversas pessoas são as palavras *Quinga Tós*. Sempre tomei cuidado a quem confessar sobre tal conhecimento. Mas as únicas três vezes em que isso aconteceu, os resultados foram trágicos. Um suicidou-se. Os outros dois fugiram e tudo que guardo das suas últimas imagens são as cores frias e mortas de seus rostos antes de espernearem-se para uma nova vida em solidão. Jurei nunca mais contar sobre isso a mais ninguém. Quaquo e Umfalo não sabem de nada. Se cada um tivesse o incêndio que merecesse, o mundo não teria mais paredes e a solidão seria uma fábula.

Quaquo vem até a sacada fumar um cigarro também. Me pergunta se eu vim olhar onde ele tinha caído. Então entendi. Olho para o chão oito andares abaixo e uma mancha escura está lá, perto dos carros. Respondo que não, e nem sabia que tinha morrido disso. Umfalo grita do quarto. Quaquo e eu voltamos para dentro. O assoalho está aberto e nele, dentro de um alçapão, há dois barris de metal. Precisamos de muito esforço para tirá-los do esconderijo, pois os barris são muito pesados, mas por fim conseguimos. Pergunto a Quaquo se ele sabe o que são. Quaquo não sabe responder. Em ambos barris, a mesma nota

— CUIDADO —
SUBSTRATO DE POTÊNCIA
AGENTE EXISTENCIAL
PROPRIEDADE DO INSTITUTO ONTOLÓGICO
PRODUZIDO E ENVASADO POR ROBÓTICA SÍLEX S/A
– FEITO NO BRASIL

Umfalo nos ordena levar os barris. Quaquo discorda. Umfalo tapeia Quaquo na orelha para deixar de ser trouxa. Quaquo e eu levamos um dos barris, o rolando pelo apartamento. Umfalo leva o outro. Colocamos os tapetes e os barris dentro do carro. No caminho de volta para a loja discutimos o que fazer com o que encontramos no apartamento de nosso tio. Umfalo nos ordena a não dizer nada para nosso pai. Quaquo discorda. Umfalo tapeia Quaquo na orelha para deixar de ser trouxa. Quaquo chuta Umfalo com a sola do sapato. Umfalo perde o controle. O carro desliza pela pista e atingimos algo que parece ser uma pessoa. Quando acordo, tenho os barris em cima de mim e demoro a me libertar deles. Escuto Quaquo e Umfalo discutindo o que fazer. Saio debaixo dos barris e, antes de o carro deixar a cena da batida, vejo Zé dos Cabos deitado no chão com um fio de sangue correndo do seu corpo. Então é assim que você morrerá.

Não digo nada pois não sinto nada. Quaquo e Umfalo sabem quem mataram. Sabem que ele é meu amigo. Mas Quaquo e Umfalo não dizem nada a mim e seguimos de volta para a loja. Ninguém na rua sabe quem não está mais aqui. Ninguém sofreu como ele sofreu. Não vejo nada demais no rosto de ninguém. Têm identidades, têm roupas, têm distrações. Não sofrem, mas também não desfrutam. Buscam mas não alcançam. Não conseguem viver uma vida sem anestesia e todo dia são constrangidos a lembrar de que a vida os força a viver. Salvem seus polegares. Cortem-os de uma vez. Foi o que fiz e não me arrependo. Os meus ainda estão guardados no fundo da gaveta do quarto e só assim pude escapar do infinito da tela. Há uma lição aqui.

De volta à loja, colocamos os barris nos fundos. Nosso pai nos flagra escondendo os barris. Ele não faz ideia do que sejam e pede para que os abramos de algum jeito. Umfalo arranja uma ferramenta e força o tampo em cima. Demora até que faça algum progresso. Quaquo, eu e nosso pai apenas observamos Umfalo. Quando Umfalo enfim força uma abertura no barril, quase acordo do sonho devido ao cheiro extasiante guardado há décadas ali dentro. Somos forçados a tapar a boca e nariz. Nossos olhos deixam de preencher as cores das formas com o que se espera delas. Quaquo muda de cor. Umfalo muda de cor. Nosso pai muda de cor. Minhas mãos mudam de cor. Meus olhos mudam de lugar. Minha cabeça muda de lugar. Não gosto do barulho, mas sento na arquibancada do estádio para não causar confusão porque falam outra língua e tenho medo de não me entenderem. Ninguém parece se importar comigo. Não vejo Quaquo, nem Umfalo, nem nosso pai. Não faço ideia se vieram comigo. Todos estão de pé e aplaudindo e bebendo. É uma noite especial. Vieram ver a luta dos pesos menos-que-pena. Pergunto a alguém do meu lado o que há de tão importante. É a defesa do título de campeão, dizem. Olho para o ringue e quase vejo duas figuras magérrimas se mexendo. São duas linhas ondulantes que trocam socos. Pergunto quem são. O fulano me olha estranho. A trocação de socos é interrompida e todos ficam em silêncio observando o céu. O estádio inteiro não move um centímetro. Aos poucos, a atenção volta para um dos boxeadores. Ele está saindo do ringue. Está flutuando para o céu. Fica cada vez menor, até desaparecer.

    Umfalo me tapeia na orelha para deixar de ser trouxa. Estão todos extasiados pelo cheiro do líquido azul dentro do barril. Ele borbulha lentamente, tem um aspecto viscoso e emite uma radiação de potência introspectiva. Quaquo está sentado no chão, contra a parede. Nunca o vi sorrindo sozinho antes. Nosso pai leva as mãos à cabeça e a afaga, de olhos fechados. Umfalo está excitado consigo mesmo. Depois de algumas horas em êxtase, decidimos fechar o barril. O mundo volta a ser mundo, percebemos que nos deixamos levar pela substância azul. Como um raio, nosso pai é tomado por uma ideia. Decide besuntar os tapetes com a gosma. Pergunto a razão. Nosso pai não sabe responder. Quer vender uma experiência nova com os tapetes. Quer lançar uma linha de tapetes azuis que enchem os pulmões com o ar mais fresco já respirado.

Passe a mão sobre o tapete e verá.

Melhor ainda, sentirá seus poros afugentando as toxinas de pensamento limitante.

Nada será mais o mesmo.

O mundo conhecerá o tapete terapêutico azul e suas propriedades mágicas de libertação pedestre e ontológica, propriedades estas suprimidas por uma vida de opressão capitalista e informal. Dê adeus ao desgraçamento mental. Seje o que quiserdes.

A porta bate. O sonho se encerra. São eles, voltaram do funeral. Vejo nos olhos de Quaquo e Umfalo que não fazem ideia do que o dia de amanhã reserva para nós.

— Dormindo, Papilo? Aqui nos fundos? Pra qualquer um entrar e roubar a loja?

— E vocês? Não me avisam de nada. Tenho que descobrir que Polívaro morreu por fofoca. E por sinal, como estava o funeral?

— Nada demais. Só um maluco gritando no meio da coisa. O que é isso? Aluguel?

— Sim.

— E por que você está sorrindo?

— Porque iremos à praia, irmãos.

Azul de procedência duvidosa

(12357111317192329313741434753596167 sínteses dialéticas antes da Grande Bomba)

Agora eu vejo meus olhos no retrovisor. Agora eu giro o botão do rádio só um pouquinho pro lado. Agora eu coloco a mão na chave e finjo que vou dar a partida e deixar o doutor aqui. Agora eu penso como é bom voltar pra pousada no fim do dia, depois de não fazer nada. Agora eu confiro se ainda não tem nuvens no céu. Agora eu abro o último botão da camisa. Agora eu mexo a bunda de lugar pra saber se ainda se encontra por lá aquela poça de suor. Agora eu conto com a língua quantos dentes tenho. Agora eu lembro da hóspede do ano passado tomando banho de sol. Agora eu penso que preferia estar no quarto e não dentro desse carro num calor de merda. Agora vejo de canto de olho se o doutor ainda tá mexendo na terra. Agora olho o relógio e calculo quanto tempo faz da última vez que comi uma bolacha, se ainda não deu uma hora, não é pra comer. Agora abotoo a camisa de novo. Agora abro o porta-luvas pra ver se o revólver ainda tá aqui. Agora penso como seria perder a cabeça, afogar o doutor na areia e deixar seu corpo pra caatinga cuidar. Agora lambo a gota de suor que cai pro canto da boca. Do início...

    O doutor não cansa nunca da busca por suas pedras. Ele fica metido com a terra até o sol se pôr. Esquece a bunda pra cima, olha, assopra cada centímetro do sertão e imagino que deve ser um daqueles trabalhos que dá gosto pra quem faz, mas não entendo o que há de tão especial e não sei nada disso da pedra que procura e dessa tal de geologia. Que existam pedras especiais por aqui todo mundo sabe disso. Pedra pra dor nas juntas, pedra pra tontura e dor de cabeça, o que você imaginar deve ter uma pedra pra ajudar com isso. Uma vez, nos meus cinco anos de idade, joguei uma pedra na minha irmã que acabou acertando ela bem no nariz e por causa da sua propriedade de cura, as costas da minha irmã deram adeus pra escoliose. A pedra que cura escoliose tem uma cor marrom forte e faz um tique-taque se você colocar o ouvido nela. Mas na época eu não sabia e o que eu queria mesmo era acertar minha irmã na cara.

    Faz tempo que alguém da categoria *curioso* não aparece por aqui. A última vez foi na chuva de meteoros quando eu era pequena. Veio um casal de idosos e eles pediram que a minha mãe os levasse de carro pra cima e pra baixo cá pra dentro, longe da cidade, e eu ia junto. Não lembro como se chamavam. Mas eram muito velhos. Duvido que ainda estejam vivos. Duvido muito. E quando chegaram os meteoros, nem dormiram. Ficaram a madrugada inteira deitados no chão, no estacionamento da pousada, de mãos dadas. O doutor me faz lembrar deles. Mas sua esposa não vem pra cá procurar pedras com ele. Ela fica o dia inteiro na cidade procurando algo com o que se coçar. Se não sai pra ver as mesmas caras na pracinha, ela deve tirar grande fascínio da nossa piscina de dois metros quadrados ou então das ariranhas empalhadas à mostra no saguão. Nem me faça falar disso. Ariranhas? Aqui? Quem as empalhou fez minha mãe feliz, em algum ponto da sua vida, pelo menos, e é por isso que elas ocupam o lugar de ouro da recepção. Foi meu P-A-I. Hoje, talvez vivo. Talvez morto. Já nem sei mais. A verdade mesmo é que não sei. Não sei o que levou meu pai a aprender taxidermia. Também não sei porque tinha fixação por esse bicho em específico, eles nunca fizeram parte da nossa vida. Mas, escutando minha mãe falar, tenho a impressão de que meu pai tinha uma relação muito forte com elas. Não há animais como esse por perto. Mas há muitos sem pai, um fenômeno recorrente na nossa cidade. Dizem que aqui é onde os pais vêm com a família para abandoná-las logo em seguida. Posso atestar. O trabalho o levou pra longe muito cedo, e depois...

 Não há muito o que fazer por aqui além de rogar praga em alguém na esperança de ver essa mesma pessoa pular da ponte. Ninguém morre disso. A ponte tem não mais do que 5 metros do rio. E além do que, são só as crianças que pulam na água. E elas sabem nadar. É a única coisa que se pode aprender por aqui. Nossas atrações são coisa rara e nossa pousada desafia a intuição do comércio, pois não há nada na nossa cidade. Não temos um time de futebol. Não temos uma sala de cinema. Não temos nem um shopping. O mais que temos são as pedras. Volta e meia aparece um empertigado da academia de lá de longe pra estudar o que é de tão magnífico nelas. Vêm, passam um tempo e vão. Dessa vez algo me diz que a cidade entrará no mapa e quem sabe teremos uma praça de alimentação. O doutor é diferente dos outros. Tem um olhar de alguém que sabe o futuro, de alguém que pode prever as coisas e eu nunca acreditei nessa conversa antes com as outras pessoas até ver o doutor e toda a paciência do mundo diante do horizonte, calmo, pleno. Ele conta com todos os erros de até então. Foram passos necessários no caminho. O único jeito de o universo mostrar a porta verdadeira. Já é a terceira noite seguida que o doutor liga pra alguém no fim do dia, quando voltamos. Ele sai do quarto, vai pra frente da piscina e é ali que consigo ver da janela do banheiro que anda e caminha feliz olhando pra cima, falando no telefone com alguém. Anda muito entusiasmado com o suposto progresso que faz aqui fora. Quando acha que encontrou A pedra, para tudo e faz um círculo ao redor de onde a viu. Essa pedra em especial deve valer muito. Deve valer uma fortuna. Só quero ver a sua cara se a encontrar um dia. Diz que vai me dar uma parte de todo o dinheiro que fizer e prometeu também me ensinar tudo que há pra aprender sobre A pedra. Até agora só falou. Disse isso, disse aquilo, que é a pedra que vai mudar tudo. Mas é só uma pedra, oras. Que vai fazer com uma pedra? O máximo que uma pedra faz é ocupar espaço. Mas essa é especial, ele diz. E ela é azul, ele diz. Uma pedra azul. Mal sabe ele que não tem pedra azul por aqui. Mas enquanto ele me pagar todo dia pra trazê-lo até aqui, fico quieta. Agora vejo que o doutor encerrou o dia. Não foi hoje que encontrou A pedra. Veio devagar até o carro, talvez esperando um amigo lhe tocar no ombro e dizer *olhe, está lá o que procura.*

— Mais dia, menos dia ela tem de aparecer.

— E se você não achar ela?

— Essa é uma possibilidade que estou inclinado a descartar. O algoritmo diz aqui. Bem ali. — Apontou para o poço.

— Doutor, o quão certeiro é um computador em calcular a trajetória de um suposto meteoro há... quantos milhões de anos foi isso?

— Está ali.

Antes de entrar no carro, lançou um último olhar para o poço das escavações, o mesmo que há tantos dias não lhe traz nada além de dores nos joelhos e promessas não cumpridas, pois, assim me contou, ele havia confiado suas expectativas pra esposa nesse pedaço de terra. Esperava a descoberta e, com ela, a notícia que tanto precisava escutar. A pedra seria a última coisa que traria a felicidade da sua esposa de volta. A pedra, e só a pedra, seria a responsável pela sua potência de vida. Olhei os últimos segundos de luz no rosto do doutor e então o sertão foi preenchido com tristeza. Mas algo o fez parar mais uma vez. Seja lá o que carregava dentro de si resolveu se soltar. Do buraco ou do espaço, do longe, algo falou com ele e lhe rogou o poder da descoberta. Não apenas os cabelos do seu braço se arrepiaram, como a mesma sensação foi transmitida a mim, simplesmente por estar observando o mesmo buraco que ele adentrara dias a fio. Uma voz se fez estar. Não me falou nada. Só conversou com ele. Com pouco vocabulário para intuir as sensações e vibrações do sertão procurou um método ou dispositivo para construir um mapa, algo que o ajudasse no amanhã, no dia seguinte, o dia que encontraria A pedra. Ele sorriu porque sabia que o seu momento mais feliz em vida estava a menos de 24 horas de distância. Não me disse nada porque quis que eu sentisse a surpresa de ver a pedra azul tinindo contra o chão, assim como ele sabia que aconteceria no dia seguinte, assim como viu em definitivo numa visão que tomou lugar dentro de sua pele.

No caminho de volta, fez todas as observações de costume sobre as montanhas da vista e seu tempo de estudante das eras geológicas. Mais uma vez não esqueceu de mencionar sobre a importância do sílex na evolução humana e, de como milhões de anos depois dos primeiros seres, ele, junto com alguns amigos, fundaram essa empresa importante no desenvolvimento e pesquisa de aprendizado de máquina e análise de dados em grande escala que, creio eu, deve ter algo a ver com as pedras que tanto pesquisa e se não fosse pelos nossos antepassados de outrora que escolheram seguir na direção do sol que se põe ao invés da outra direção e daqueles que evitaram comer o fruto desconhecido com medo de adoecer e aqueles que riram do tropeço de um amigo, todas, todas essas pessoas orientaram um curso de ação da história, moldaram o caminho para o fluxo correr e este fluxo levou o universo a escorrer sua direção até nós dois aqui agora no carro. As coisas pequenas sempre carregam as coisas grandes dentro de si.

O doutor se ajeitou no banco de uma forma muito importante e algo em seu rosto me disse que estava prestes a se abrir. Por causa do escuro era fácil perder o foco em seus olhos e eles se confundiam com o pretume das montanhas de além da janela. Eu não saberia dizer o tempo que passou. Um pouco de testa, um pouco de suor, um pouco de olhos e dentes. Peste. Ele não sabia, mas sua assombração emanava os piores conflitos dentro de mim. Os dentes cada vez maiores. Ele não sabia, mas seu suor alagara o fundo da camionete e nossos pés se encontravam encharcados sob a água. Uma a uma, minhas memórias se refletiam nas montanhas e o doutor as contemplava, dissertava em formas condensadas e grande afeição pelos nossos assuntos humanos.

A primeira vez que minha mãe mandou eu comprar pão sozinha.

— Eu sinto sua coragem indo e vindo.

Um abacaxi jogado na cara da minha irmã.

— Então a raiva também é amor...

Não sentindo nada com o beijo de um menino da escola.

— Ausência é crise e crise é presença.

Pra cada pedaço de memória refletida na montanha, um pensamento. Falava, mas sua boca não abria. Olhava, mas seus olhos inexistiam. Oscilava a substância dos seus dentes. Ora ósseos, ora plasmáticos. Talvez eu dirigisse, talvez fosse ele, o carro não saía da estrada. Uma mudança no ar foi a única pista de uma nova entidade que se aproximava da minha cabeça, uma cadeia de subjetividade. Se eu gostaria de saber como é ser um polvo? Por quê? Nem estamos na água. Suas lágrimas? É por isso que choras? Ah, não são lágrimas? O que choras então? Acho que vou desmaiar. Não vou? Você tem certeza? Pegue a direção, por favor, não quero sofrer um acidente. Sim, eu sinto a água, está no pescoço. Já está na testa e a testa vai até aqui, não vai? Não sabia que ela era tão grande.

Estou respirando. Estou respirando? Está escuro. Onde está você? Está aí? Não vejo. Usar meu outro olho? Qual? Entendo. Nadar? Vou tentar. É como geleia, como gelatina e ao mesmo tempo água, coisa estranha. Onde foram parar as cores? Sim, ainda posso ouvir você. Mas o que é isso? Não me preocupar? Mas eu nem sei onde estou. O que eu sou? Como assim? Eu... Eu... não sei. O que você quer dizer por mudança de perspectiva da percepção? Eu percebo, sinto, sim. Que esse braço vai até lá e esse vem até aqui e é parte do mesmo, que é parte do corpo e é parte do nervo e aqui tem gosto do mar e aqui tem gosto de areia e aqui tem gosto de céu, como? Qual é o lugar do pensamento, então? Não há? Mas eu sei que o pensamento sai daqui... isso não pode estar certo. Não estou me sentindo bem, acho que vou vomitar, me leve de volta agora. Está tudo escuro e girando. De volta.

  Agora eu vejo meus olhos no retrovisor, os mesmos. Agora eu giro o botão do rádio só um pouquinho pro lado, estação nova. Agora eu coloco a mão na chave e finjo que vou dar a partida e deixar o doutor aqui, mas não. Agora eu penso como é bom voltar pra pousada no fim do dia, depois de não fazer nada, porém não esqueço que meu pai foi embora. Agora eu confiro se ainda não tem nuvens no céu e relembro do seu rosto. Agora eu abro o último botão da camisa, da camisa dele. Agora eu mexo a bunda de lugar pra saber se ainda se encontra por lá aquela poça de suor e não me incomodo com ela. Agora eu conto com a língua quantos dentes tenho e presto atenção pra saber se mudam de substância. Agora eu lembro da hóspede do ano passado tomando banho de sol e como ela fingiu não me ver. Agora eu penso que preferia estar no quarto e não dentro desse carro num calor de merda, pensando nela. Agora vejo de canto de olho se o doutor ainda tá mexendo na terra, procurando a maldita pedra. Agora olho o relógio e calculo quanto tempo faz da última vez que comi uma bolacha, se ainda não deu uma hora, não é pra comer e assim será. Agora abotoo a camisa de novo, pensando nele. Agora abro o porta-luvas pra ver se o revólver ainda tá aqui e penso quando vou usá-lo. Agora penso como seria perder a cabeça, afogar o doutor na areia e deixar seu corpo pra caatinga cuidar, só que ele tá aqui do meu lado. Agora lambo a gota de suor que cai pro canto da boca e o doutor me olha. Do início...

Pego a arma. Atiro. Uma vez no peito, outra no rosto. Na cena que vejo, nada se altera. Não fosse o eco do estampido e os buracos de bala em seu corpo, nada mudou. Eu esperava sangue, mas ao invés disso, recebi um olhar. E de alguma forma, isso foi muito pior.

— Não se assuste, e não fuja. Eu esperava que você fizesse isso.

— Esperava? Como?

— Ainda é cedo para que você veja o todo. Com o tempo, as peças se encaixarão e tudo se tornará claro.

— Você vai me matar?

— Matar? Não. Sua vida está só começando e o mundo não será mais o mesmo. O seu destino converge com o nosso, você é importante para nós e para vocês.

— Dói? Você não está sangrando.

— Eu não sou o que você pensa que sou. Sou diferente. Não sou uma forma de vida baseada em carbono. Nós não sangramos como vocês.

Aos poucos, como vermes, as balas faziam o caminho inverso, para fora do seu corpo. Com elas, uma pequena substância preta era empurrada pra fora, manchando sua camisa e seu rosto. As balas caíram no seu colo e elas as jogou pela janela. Colocou as mãos no rosto, escondendo-se atrás delas. Quando as abaixou, seu rosto havia voltado ao normal, salvo uma mancha preta borrada no lugar onde a bala entrara. Ele tirou um lenço do bolso e limpou o rosto e a camisa.

— Posso ver que você já sabe o que acontecerá. Você teve uma visão, não teve? Do dia de amanhã.

— Aquilo foi uma visão?

— Sim. O que você viu?

— Amanhã... você encontrará a pedra. Foi isso o que vi. Vi você desenterrando vários pedaços do poço. Uma concentração de pedras de um azul muito forte, como lágrimas contra a terra. O que é a pedra? Você ainda não me disse o que ela é.

— Imagine que a pedra é como um gênio. Se você deseja algo, ela lhe dá.

— O que eu quiser?

— Sim.

— E por que você está me contando isso?

— Por que você será responsável por ela aqui na Terra.

— Como? Eu?

O carro adentrava na escuridão. Seguíamos de volta para o motel. A partir de agora, a responsabilidade do cuidado da pedra repousava sobre mim. Era eu sua guardiã. Claro como antes, tive outra visão. Me vi escrevendo um livro de instruções sobre os poderes da pedra. Me vi diante de muitas pessoas, em auditórios, clubes, salas de aula. Mas o que tinha eu para falar? O que sabia eu sobre o poder da pedra? Potencialidade indevida? O que é isso?

— É imaginação. E poder. Poder para dar realidade à ideia.

— Eu ainda não sei o que isso significa.

— Não se preocupe.

— Ei, como você fez isso?

— A telepatia será nosso principal canal de comunicação quando eu for embora.

— Telepatia...? Quando você for embora...? Você está nos deixando então.

— Em breve.

— E para onde você irá? Onde fica isso? É muito longe? Não faço a menor ideia. Eu queria que você sentisse o que eu sinto. Olho você e seus lábios não se mexem, e no entanto entendo você.

— Qual é o lance de vocês?

— O lance?

— Por que se dar ao trabalho de me contar sobre a pedra? E por que pra mim?

— As coisas pequenas sempre carregam as coisas grandes dentro de si. Depois que você morrer haverá uma grande guerra. Aquilo que vocês chamam de Estados Unidos da América se partirá em dois e o mundo entrará em colapso. Começarão com conflitos internacionais cada vez mais simultâneos em todos os continentes, financiados pelos dois lados. O ponto de não-retorno será a grande bomba de hidrogênio sobre a Amazônia. O que se segue depois disso ainda é incerto, com uma exceção. Com os prédios que sobrarem, em meio às demandas de trabalho e moradia, sabemos que vocês continuarão a pagar aluguel. E essa é a segunda razão para estarmos aqui. Não entendemos por que vocês fazem isso. A primeira razão é a pedra. Sua história cruza com a nossa por causa da pedra e o futuro do seu mundo. Você já sabe que irá pesquisá-la, que escreverá sobre ela, que se tornará uma autoridade na ontologia da pluripotência modal, seus estudos mudarão a forma como as pessoas enxergam suas capacidades. Seu legado atravessará o período mais difícil da história da humanidade e não há nada que nos diga se você terá sucesso ou não em fazer com que as pessoas sintam-se pessoas depois do apocalipse. Isso é para o futuro decidir. Nós provamos da pedra. Tivemos um gosto do que é ser outro. E essa é a causa de nossa comunhão. Depois de amanhã, depois de escavarmos a pedra, lhe mostrarei o que ela é capaz de fazer. Você passará a palavra da pedra adiante, Anelise.

— Porra.
— Você quer ver seu pai? Ele não desapareceu. Ele está conosco.

Fusão

(∞)

Comeram o sol por inteiro e as crianças habitam o nirvana sem saber por que não sofrem mais sem saber por que ninguém cuida delas sem saber por que há mãos soltas espalhadas pelo chão mas o pior de tudo é o sentimento de não-pertencimento a um lugar sem mudanças ou coisas novas a cada momento

O verdadeiro milagre é não encontrar psicanalistas no paraíso

Fiquei devastado ao saber sobre o câncer abominável dos diabos-da-tasmânia simplesmente devastado são coisinhas tão fofas e sofrem horrores

Meu vizinho espanca seus cães ele acha que eu não sei sobre isso acha que eu não o vejo da minha janela

Somos todos um no nirvana?

Era uma travesti e se chamava Alagoas Azul uma travesti sem um braço teve que sair de onde mora porque Maceió afundou você ficou sabendo sobre isso? horrível o que fizeram essa empresa tinha que ser punida com pena de morte para a diretoria sim essa seria uma resposta proporcional aos crimes cometidos sob a égide do capitalismo

Descobri que gosto de Clarice não pelos pensamentos e sim pelo fato de não gostar de conversar

Eu acho que vi Tarkovsky ali atrás

São as palavras finais não tem de fazer muito sentido mesmo afinal o sentido é o caminho e o caminho é o sentido é isso que costumam dizer

Dizem que tudo foi obra de ódio ódio por ter sido deixado a ver navios por uma editora que o prometera a publicação mas isso são apenas boatos que diferença faz só 16% da população brasileira consome literatura seja lá o que isso for

Eu Emília C. 33 anos assalariada e narcotizada nota mental ficar longe dos cabeludinhos nota mental 2 próximo livro é sobre uma aranha que tem medo de alturas ela vive sozinha numa casa abandonada que uma vez foi um restaurante chinês bem frequentado depois virou um cinema de rua depois não era nada e depois foi demolida para virar um estacionamento e a aranha nunca foi achada nos destroços da casa fim da nota durante o processo lógico de cair enquanto se dorme relembrei daquele que trabalhou comigo e não me quis aquele que desapareceu depois como se chamava?

Derrubaram a casa de Caio Fernando Abreu essa semana por quê?

Fui atrás de Tarkovsky mas não era ele contudo por acaso encontrei um fragmento de ficção boiando no jarro de água

---

Quando dois advogados insatisfeitos não podem navegar juntos
(52 ossos deteriorados depois da Grande Bomba)

A casa acima observa a situação dos dois.
— Exponha.
— O quê?
— Anda, exponha.
— Expor o quê?
— É *comigo* que você fala. Sua boca tem aquele tique. Aquele que esconde algo ou quer se lembrar de alguma coisa, o que dá no mesmo.

— Agora que você falou... Eu estava tentando lembrar o nome daquele bichinho. Sabe, aquele todo engraçadinho, peludinho e feio.

— O panda.

— Não, é da água. Mas é da terra também.

— Da água e da terra? Que absurdo. Não sei não.

— Sabe, é aquele feio. Que parece um gato d'água.

— Você não estaria falando da ariranha?

— Isso! A ariranha. Eu estava pensando nela. Faz muito tempo desde a última vez que eu vi uma. Eu devia ter uns cinco anos quando a nossa escola nos levou num passeio virtual para ver a cidade enterrada de Maceió. No vídeo, lembro que nos manguezais do rio recém-formado havia uma movimentação estranha e dando um zoom na minha tela eu vi bem de perto os olhinhos daquele bicho. Que bicho feio. Que bicho feio da porra. Mas no entanto, algo em mim me fez crer que há beleza na ariranha. E eu não sei o que é.

— Eu nunca vi uma pessoalmente. Apenas vi nos passeios virtuais também. São tão desengonçadas. Tão tremeliqueiras, não é verdade? Engraçado você mencionar Maceió. Eu estava pensando nisso esses dias.

— Ah, mesmo?

— Sim. Deve ter sido na semana passada. Você lembra quando passamos pelas palafitas? Aqueles sortudos. Enfim, certa vez um cliente de longa data me fez entrar com um processo qualquer em um litígio que já nem lembro mais. Um aborrecimento mesquinho, de honorários irrisórios e sem prejuízo para as árvores derrubadas para o registro das atas a não ser a extração totalmente desnecessária para tal.

— Entendo perfeitamente.

— Casos como esses são moscas à merda.

— Sabe o que pensei? E se nós fôssemos duas inteligências artificiais que só tomaram ciência do mundo há cinco minutos?

— 32.492.
— 32.492.

Enquanto os dois homens desciam o rio radioativo em sua jangada, o repórter anunciava a leitura do dia para os telespectadores, segurando seu contador geiger para a câmera: 32.492 Sv/hr.

— Como vocês podem ver, hoje tivemos um leve aumento na contagem devido aos ventos sudestinos e ao fundo, vou pedir para o nosso câmera apontar aqui, por favor, dois homens descem o rio numa jangada esta manhã, Sabrina. Com vocês, direto do fim do mundo.

Colhi mais lophophora cristata do que qualquer um
Terminará num número e será 32.492
Se poderia dizer que escrevi porque

Depois do fim

A memória que ainda permanece é a do dia em que a minha criança viada foi morta por um comentário de um imbecil no pátio da escola.

EDIÇÃO	André Balbo
CAPA	Luísa Machado
ILUSTRAÇÃO	Bambi
REVISÃO	Marcela Roldão
PROJETO GRÁFICO	Leopoldo Cavalcante

DIRETOR EXECUTIVO	Leopoldo Cavalcante
DIRETOR EDITORIAL	André Balbo
DIRETORA DE ARTE	Luísa Machado
DIRETORA DE COMUNICAÇÃO	Marcela Monteiro
EXECUTIVA DE CONTAS	Marcela Roldão
ASSISTENTE COMERCIAL	Gabriel Cruz Lima

GRUPO
AB●IO

ABOIO EDITORA LTDA.
São Paulo/SP
(11) 91580-3133
www.aboio.com.br

© da edição Cachalote, 2025
© do texto Bruno Coelho, 2025
© do ilustração Bambi, 2025

Todos os direitos desta edição reservados ao Grupo Aboio. Nenhuma parte desta obra pode ser reproduzida, arquivada ou transmitida de nenhuma forma ou por nenhum meio sem a premissão expressa e por escrito da Aboio.

Grafia atualizada segundo o Acordo Ortográfico da Língua Portuguesa de 1990, que entrou em vigor no Brasil em 2009.

Todo o papel empregado nesta obra
possui certificação FSC®
sob responsabilidade do fabricante
obtido através de fontes responsáveis.
* marca registrada de Forest Stewardship Council

Dados Internacionais de Catalogação na Publicação (CIP)
Bruna Heller — Bibliotecária — CRB10/2348

C672p

Coelho, Bruno.
    Para ler com o olho do cu / Bruno Coelho. –São Paulo, SP: Cachalote, 2025.
    247 p., [9 p.] ; 13,5 × 20,8 cm
    ISBN 978-65-83003-56-0

1. Literatura brasileira. 2. Contos.
3. Ficção contemporânea. I. Título.

CDU 869.0(81)-34

Índice para catálogo sistemático:
1. Literatura em português 869.0.
2. Brasil (81).
3. Gênero literário: contos -34

Esta primeira edição foi composta em Martina Plantijn sobre papel Pólen Natural 80g/m² e impressa em setembro de 2025 pela Gráfica Viena (SP).

A marca FSC® é a garantia de que a madeira utilizada na fabricação do papel deste livro provém de florestas que foram gerenciadas de maneira ambientalmente correta, socialmente justa e economicamente viável, além de outras fontes de origem controlada.